U0004727

法語34音

完全自學手冊

謝孟渝———著
Mandy HSIEH

晨星出版

作者序

　　説起法文發音真是令人又愛又恨。「愛」它的優美溫柔，「恨」它的千變萬化，就像所有美麗的事物，給人的最初印象一樣：難以捉摸。然而一旦瞭解它的過往和思維，掌握了它的邏輯原則，就能夠隨心所欲地駕馭。

　　這本書藉由簡單的發音技巧和圖示，介紹現今法文的 34 音，並呈現常見的拼寫方式，讓讀者也能達到看字讀音的目的。除了各單元的連音練習、常用例句之外，書末還有繞口令小遊戲和讀者限定下載的電子檔音素卡，讓學習更有趣。其中，「你知道嗎？」以説文解字的方式賦予每個音自己的歷史和特色，在學習法文發音的同時，是不是也聽到不一樣的弦外之音呢！

Mandy HSIEH

音檔使用說明

● 如何收聽音檔？

1

手機收聽

1. 偶數頁（例如第 32 頁）下方附有 **MP3 QR Code** ◄╴╴╴╴╴
2. 用 APP 掃描就可立即收聽該跨頁（第 32 頁和第 33 頁）的真人朗讀音檔，掃描第 34 頁的 QR 則可收聽第 34 頁和第 35 頁……

2

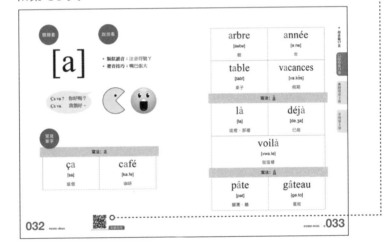

電腦收聽、下載

1. 手動輸入網址＋偶數頁頁碼即可收聽該跨頁音檔，按右鍵則可另存新檔下載
   http://epaper.morningstar.com.tw/mp3/0170026/audio/**032**.mp3
2. 如想收聽、下載不同跨頁的音檔，請修改網址後面的偶數頁頁碼即可，例如：
   http://epaper.morningstar.com.tw/mp3/0170026/audio/**034**.mp3
   http://epaper.morningstar.com.tw/mp3/0170026/audio/**036**.mp3

   依此類推……

3. 建議使用瀏覽器：Google Chrome、Firefox

● 讀者限定無料

內容說明
1. 全書音檔大補帖
2. 電子檔音素卡

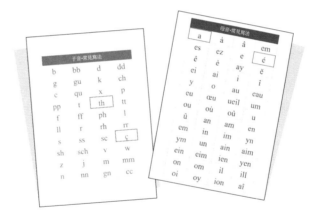

$$ç + a = ça \text{ [sa] 這個}$$
$$th + é = thé \text{ [te] 茶}$$

下載方法（建議使用電腦操作）

1. 尋找密碼：請翻到本書第 46 頁，找出最後 1 個單字的中文解釋。

2. 進入網站：https://reurl.cc/ERkOW1
   （輸入時請注意大小寫）

3. 填寫表單：依照指示填寫基本資料與下載密碼。E-mail 請務必正確填寫，萬一連結失效才能寄發資料給您！

4. 一鍵下載：送出表單後點選連結網址，即可下載。

目次

概觀篇 Introduction

母音篇 17 音 Les voyelles

口腔母音 11 音 Voyelles orales

鼻腔母音 3 音 Voyelles nasales

半母音 3 音 Semi-voyelles

子音篇 17 音　Les consonnes

爆破氣音 6 音 l'air sort d'un coup

連續氣音 8 音 l'air sort en continu

鼻腔子音 3 音 Consonnes nasales

生活用語　Le français de tous les jours

NOTE

概觀篇

Introduction

- 法語 26 字母與發音
- 法語 34 音素
- 法語的發音特性
- 法語的音節和語調

法語 26 字母與發音

大寫	小寫	音標
A	a	[a]
B	b	[be]
C	c	[se]
D	d	[de]
E	e	[ə]
F	f	[ɛf]
G	g	[ʒe]
H	h	[aʃ]
I	i	[i]
J	j	[ʒi]
K	k	[ka]
L	l	[ɛl]
M	m	[ɛm]

聆聽發音

大寫	小寫	音標
N	n	[ɛn]
O	o	[o]
P	p	[pe]
Q	q	[ky]
R	r	[ɛʁ]
S	s	[ɛs]
T	t	[te]
U	u	[y]
V	v	[ve]
W	w	[dubl.ve]
X	x	[iks]
Y	y	[ig.ʁɛk]
Z	z	[zɛd]

注意：法文的 H 在字詞中都不發音。

法語 34 音素

● 母音 Les voyelles

發音特性	音素標記	常見寫法	例子
口腔母音	[a] * [ɑ] 融入 [a]	a à â -em	ça [sa] 這個 là [la] 那裡 pâte [pat] 麵團 femme [fam] 女人
	[e]	es é er ez	les [le] 那些（定冠詞） thé [te] 茶 aimer [ɛ.me] 愛 chez [ʃe] 在（介系詞）
	[ɛ]	è ë ê e et ei ai	père [pɛʁ] 父親 Noël [no.ɛl] 聖誕節 fête [fɛt] 節慶 sel [sɛl] 鹽巴 jouet [ʒwe] 玩具 treize [tʁɛz] 十三 lait [lɛ] 牛奶

聆聽發音

發音特性	音素標記	常見寫法	例子
口腔母音	[i]	i ï î y	il [il] 他 maïs [ma.is] 玉米 île [il] 島嶼 style [stil] 造型
	[y]	u û eu	rue [ʁy] 路 sûr [syʁ] 確定 j'ai eu [ʒɛ.y]「我有」的過去式 （eu 是 avoir 的過去分詞）
	[u]	ou où aoû	ou [u] 或者 où [u] 哪裡 août [ut] 八月
	[ø]	eu eû	yeux [jø] 眼睛 jeûne [ʒøn] 禁食
	[ə]	e	le [lə] 那個（陽性單數定冠詞） petit [pə.ti] 小的
	[œ]	eu œu œ ue	peur [pœʁ] 害怕 bœuf [bœf] 牛肉 œil [œj] 眼球 accueil [a.kœj] 接待

發音特性	音素標記	常見寫法	例子
口腔母音	[o]	o	rose [ʁoz] 玫瑰
		ô	tôt [to] 早
		au	au [o] 在（介系詞）
		eau	eau [o] 水
	[ɔ]	o	porte [pɔʁt] 門
		-um	maximum [mak.si.mɔm] 最大
鼻腔母音	[ɛ̃] *[œ̃] 融入 [ɛ̃]	in	vin [vɛ̃] 酒
		im	important [ɛ̃.pɔʁ.tɑ̃] 重要的
		ein	peintre [pɛ̃tʁ] 畫家
		ain	pain [pɛ̃] 麵包
		ien	bien [bjɛ̃] 好
		um	parfum [paʁ.fɛ̃] 香水
		un	lundi [lɛ̃.di] 星期一
		ym	sympa [sɛ̃.pa] 友好的
	[ɑ̃]	an	enfant [ɑ̃.fɑ̃] 小孩
		am	chambre [ʃɑ̃mbʁ] 房間
		en	dent [dɑ̃] 牙齒
		em	temps [tɑ̃] 時間
	[ɔ̃]	on	bon [bɔ̃] 好的
		om	nom [nɔ̃] 名字

聆聽發音

發音特性	音素標記	常見寫法	例子
半母音	[j]	i + 母音 y + 母音 il ill	bien [bjɛ̃] 好 voyage [vwa.jaʒ] 旅行 soleil [sɔ.lɛj] 太陽 fille [fij] 女孩
	[w]	o + 母音 ou + 母音 w	moi [mwa] 我 oui [wi] 是的 web [wɛb] 網路
	[ɥ]	u + 母音	huit [ɥit] 八 nuit [nɥi] 夜晚

注意：法語的音素隨著時代與語言的演化出現了簡化趨勢，原本母音中的 [ɑ] 和 [œ̃] 漸漸地被發音技巧較容易、寫法出現頻率較高的相近音取代，[ɑ] 融入 [a]、[œ̃] 融入 [ɛ̃] 就是最佳範例。考量便於讀者自學並順應法語的發展潮流，本書只介紹 34 音。

● 子音 Les consonnes

發音特性	音素標記	常見寫法	例子
爆破氣音	[p]	p pp	papa [pa.pa] 爸爸 apprendre [a.pʁɑ̃dʁ] 學習
	[b]	b bb	bébé [be.be] 嬰兒 abbé [a.be] 修道院長
	[t]	t th tt	tu [ty] 你 théâtre [te.atʁ] 劇院 attendre [a.tɑ̃dʁ] 等待
	[d]	d dd	dix [dis] 十 addition [a.di.sjɔ̃] 帳單
	[k]	c + a, o, u c cc qu k ch	cadeau [ka.do] 禮物 sac [sak] 包包 accueil [a.kœj] 接待 musique [my.zik] 音樂 kiwi [ki.wi] 奇異果 chœur [kœʁ] 唱詩班
	[g]	g + a, o, u g gu x+ 母音	gâteau [ga.to] 蛋糕 grand [gʁɑ̃] 大的 guerre [gɛʁ] 戰爭 examen [ɛg.za.mɛ̃] 考試

聆聽發音

發音特性	音素標記	常見寫法	例子
連續氣音	[f]	f	café [ka.fe] 咖啡
		ff	chiffre [ʃifʁ] 數字
		ph	photo [fo.to] 照片
	[v]	v	vin [vɛ̃] 酒
		w	wagon [va.gɔ̃] 車廂
	[s]	ç	ça [sa] 這個
		c + i, e	ici [i.si] 這裡
		s	soir [swaʁ] 晚上
		ss	suisse [sɥis] 瑞士
		sc	science [sjɑ̃s] 科學
		x	six [sis] 六
	[z]	s 介於兩母音間	musique [my.zik] 音樂
		z	zoo [zo] 動物園
	[ʃ]	ch	chat [ʃa] 貓
		sh	sushi [sy.ʃi] 壽司
		sch	schéma [ʃe.ma] 簡圖
	[ʒ]	j	je [ʒə] 我
		g + i, e, y	âge [aʒ] 年紀
		g + i, e, y	gym [ʒim] 健身房

發音特性	音素標記	常見寫法	例子
連續氣音	[ʁ]	r	riz [ʁi] 米飯
		rr	guerre [gɛʁ] 戰爭
		rh	rhume [ʁym] 感冒
	[l]	l	joli [ʒɔ.li] 漂亮
		ll	ville [vil] 城市
鼻腔子音	[m]	m	madame [ma.dam] 女士
		mm	femme [fam] 女人
	[n]	n	nuit [nɥi] 夜晚
		nn	année [a.ne] 年
	[ɲ]	gn	champagne [ʃɑ̃.paɲ] 香檳
		ni+ 母音	panier [pa.ɲe] 籃子

聆聽發音

法語的發音特性

● 字尾子音不發音

　　法文字字尾的子音大部分都不發音，但是許多 c, r, l, f 卻必須要發音。例如：

avec [a.vɛk] 跟（連接詞）	**amour** [a.muʁ] 愛情	**avril** [a.vʁil] 四月	**bœuf** [bœf] 牛肉
sac [sak] 包包	**partir** [paʁ.tiʁ] 出發	**vol** [vɔl] 班機航班	**chef** [ʃɛf] 主廚
basilic [ba.zi.lik] 羅勒	**sur** [syʁ] 在……上面 （介系詞）	**fil** [fil] 線	**neuf** [nœf] 九

● 字尾 e 不發音

　　一般而言，法文字字尾的 e 都不發音，即使有些字詞單獨存在時需要發音的 e，在說話交談的句子中，也常常被省略不發音，例如：

- **Je vais acheter une salade de fruits.**
  [ʒ.vɛ.aʃ.te.yn.sa.lad.də.fʁɥi]
  我要去買一份水果沙拉。

- **C'est une petite fille.**
  [sɛ.t‿yn.pə.tit.fij]
  是個小女孩。

● 連續音和連音

　　眾所皆知，法文的口說有連音（連貫發音）的特性，殊不知，口耳相傳中的連音其實有兩類：連續音（enchaînement）和連音（liaison）。

　　「連續音」用於指原本法文單詞已經會發音的音素，因為緊接著母音為首的字詞，在口說交談中自然而然將音素結合在一起的現象。如：

- **On va sortir avec eux.**
  [ɔ̃.va.sɔʁ.tiʁ.a.vɛ.k-œ]
  我們要跟他們一起出去。

> ➔ avec 單詞本身發音為 [a.vɛk]，[k] 與後面緊接的母音 [œ] 結合。

聆聽發音

■ **Elle est belle.**

[ɛ.l-ɛ.bɛl]

她很漂亮。

⮕ elle 單詞本身發音為 [ɛl]，[l] 與後面緊接的母音 [ɛ] 結合。

一般而言，進行連續音操作時，音素不需做任何變化，很自然地進行單詞發音的「子音＋母音」的動作即可，如前述兩個句子。然而，連續音中的 [f] 卻有兩個例外狀況，必須變音成 [v]。

neu**f** heures	neu**f** ans
[nœ.v-œʀ]	[nœ.v-ɑ̃]
九點鐘	九年

「連音」則是專指法文單詞原本不發音的字母，因為緊接著母音為首的字詞，為了讓句子說起來有連貫性的旋律感、發音更順暢、聽起來更順耳，特地將原本單詞中不發音的字母發音而進行的動作。如：

■ **Il est étudiant.**

[i.l-ɛ.t e.ty.djɑ̃]

他是學生。

⮕ est 原本的 t 不發音，但是進行連音（liaison）動作時，原本不發音的 t 必須發音。

■ **Son fils a un an.**

[sɔ̃.fis.a.ɛ̃.n ɑ̃]

他的小孩 1 歲。

⮕ un 原本的 n 不發音，但是進行連音（liaison）動作時，原本不發音的 n 必須發音。

必須注意字母 s, x, d 在連音時會產生變音的現象，如下述例子：

1. s, x 發音為 [z]

- **Nous sommes dans͜ un restaurant.**

  [nu.sɔm.dɑ̃.z͜ ɛ̃.ʀɛs.to.ʀɑ̃]

  我們在一家餐廳。

  ⊃ dans 中原本不發音的 s，進行連音（liaison）時發成 [z]。

- **Il a͜ vingt-deux͜ ans.**

  [i.l-a.vɛ̃.dø.z͜ ɑ̃]

  他 22 歲。

  ⊃ vingt-deux 中原本不發音的 x，進行連音（liaison）時發成 [z]。

2. d 發音為 [t]

- **C'est͜ un grand͜ ami.**

  [sɛ.t͜ ɛ̃.gʀɑ̃.t͜ a.mi]

  是個交情很深的朋友（男性）。

  ⊃ grand 中原本不發音的 d，進行連音（liaison）時發成 [t]。

- **Quand͜ est-ce qu'il͜ arrive ?**

  [kɑ̃.t͜ ɛs.ki.l-a.ʀiv]

  他什麼時候到？

  ⊃ quand 中原本不發音的 d，進行連音（liaison）時發成 [t]。

聆聽發音

⬤ 連音的規則

1. 強制連音（一定要連音）

❶ 限定詞 + 被限定的名詞

- **Les_amis**   [le.z‿a.mi]   那些朋友
- **Deux_enfants**   [dø.z‿ɑ̃.fɑ̃]   兩個孩子
- **Tes_amis**   [te.z‿a.mi]   你的朋友們

❷ 主詞的人稱代名詞（je, tu, il, elle, on, nous, vous, ils, elles）+ 母音為首的動詞

- **Nous_avons**   [nu.z‿a.vɔ̃]   我們有
- **Ils_ont**   [il.z‿ɔ̃]   他們有
- **Vous_êtes**   [vu.z‿ɛt]   您們／您／你們是

❸ 主詞的人稱代名詞（je, tu, il, elle, on, nous, vous, ils, elles）+ 代名詞 en, y

- **On_y va.**   [ɔ̃.n‿i.va]   我們走吧。
- **Nous_en_avons.**   [nu.z‿ɑ̃.n‿a.vɔ̃]   我們有需要的東西。

❹ 單音節的連接詞、介系詞和副詞 + 母音為首的名詞

- **Quand_elle parle**   [kɑ̃.t‿ɛl.paʁl]   當她說話時
- **Très_important**   [tʁɛ.z‿ɛ̃.pɔʁ.tɑ̃]   很重要
- **Dans_un parc**   [dɑ̃.z‿ɛ̃.paʁk]   在一座公園裡

❺ 動詞 être + 母音為首的單詞

- **C'est un chanteur.**
  [sɛ.t‿ɛ̃.ʃɑ.tœʁ]
  是位男歌手。

- **Elles sont arrivées.**
  [ɛl.sɔ̃.t‿a.ʁi.ve]
  她們抵達了。

- **Il est artiste.**
  [i.l‿ɛ.t‿aʁ.tist]
  他是藝術家。

❻ 疑問詞 quand

- **Quand est-ce qu'il part ?**
  [kɑ̃.t‿ɛs.kil.paʁ]
  他什麼時候出發？

❼ 倒裝句中動詞 + 母音為首的主詞

- **Quand part -il ?**
  [kɑ̃.paʁ.t‿il]
  他什麼時候出發？

- **Se souvient -elle de moi ?**
  [sə.su.vjɛ̃.t‿ɛl.də.mwa]
  她是否記得我？

聆聽發音

❽ 既定表達語

- **Tout‿à coup** [tu.t‿a.ku] 突然間
- **De temps‿en temps** [də.tɑ̃.z‿ɑ̃.tɑ̃] 有時候
- **Petit‿à petit** [pə.ti.t‿a.pə.ti] 慢慢地

2. 禁止連音（不可以連音）

❶ 連接詞 et（和）與 ou（或者）

- **Un garçon×et×une fille**
  [ɛ̃.gaʁ.sɔ̃.e.yn.fij]
  一個男孩和一個女孩

- **Un pain×ou un biscuit**
  [ɛ̃.pɛ̃.u.ɛ̃.bis.kɥi]
  一個麵包還是一塊餅乾

❷ 單數名詞 + 形容詞

- **Un‿enfant×intelligent**
  [ɛ̃.n‿ɑ̃.fɑ̃.ɛ.te.li.ʒɑ̃]
  一個聰明的孩子

- **Un‿étudiant×américain**
  [ɛ̃.n‿e.ty.djɑ̃.a.me.ʁi.kɛ̃]
  一個美國學生

❸ 專有名詞 + 動詞

- **Jean✗a deux frères.**

  [ʒɑ̃.a.dø.fʁɛʁ]

  Jean 有兩個兄弟。

- **Olivier✗est parti.**

  [o.li.vje.ɛ.paʁ.ti]

  Olivier 離開了。

❹ 動詞 + 補語

- **Il_écrit✗à ses parents.**

  [i.l-e.kʁi.a.se.pa.ʁɑ̃]

  他寫信給他的父母。

- **Je veux✗un café.**

  [ʒə.vø.ɛ̃.ka.fe]

  我想要一杯咖啡。

❺ 氣音 h（h aspiré）為首的單詞

- **Un✗héro**　　　[ɛ̃.e.ʁo]　　　一位英雄
- **Des✗haricots**　[de.a.ʁi.ko]　一些菜豆

聆聽發音

❻ 倒裝句的疑問詞（quand, comment, combien）+ 動詞

- **Quand‿est‿-il parti ?**

  [kɑ̃.ɛ.t‿il.paʁ.ti]

  他什麼時候離開的？

- **Comment‿est‿-il venu ?**

  [kɑ̃.mɑ̃.ɛ.t‿il.və.ny]

  他怎麼來的？

- **Combien‿en veux-tu ?**

  [kɔ̃.bjɛ̃.ɑ̃.vø.ty]

  你想要多少？

❼ 以半母音為首的單詞

- **Un‿yaourt**　[ɛ̃.ja.uʁt]　一個優格
- **Un‿huit**　[ɛ̃.ɥit]　一個數字八

❽ 既定表達語

- **Nez‿à nez**　　　[ne.a.ne]　　　面對面
- **Des‿arcs‿-en-ciel** [de.z‿aʁ.kɑ̃.sjɛl]　一些彩虹

法語的音節和語調

● 音節

開始學習法語，先記住「一個母音就是一個音節」的原則，從這個原則延伸出一個音節可能的組合：

● 單獨一母音：en	[ɑ̃]	在
● 一母音＋兩子音：être	[ɛtʀ]	是
● 一母音＋三子音：astre	[astʀ]	星球
● 一子音＋一母音：sans	[sɑ̃]	無
● 兩子音＋一母音：trop	[tʀɔ]	太
● 三子音＋一母音：script	[skʀipt]	劇本
● 一子音＋一母音＋一子音：sens	[sɑ̃s]	意義

聆聽發音

● 語調

　　法語單詞沒有重音，單詞和句子的語調就取決於説話者的口語情緒表達。一般而言，如果為肯定句，句尾語調下降，一旦句子還沒有結束，語調就不會下降。相反地，如果是疑問句，句尾的語調就會上揚，讓對方知道是疑問句。

- 疑問句：**Ça va** ↗? [sa.va ↗] 你好嗎？（語調上揚）

- 肯定句：**Ça va** ↘. [sa.va ↘] 很好。 （語調下降）

- 肯定句：
  Elle parle bien français ↗, **mais elle n'est pas française** ↘.
  [ɛl.paʁl.bjɛ̃.fʁɑ̃.sɛ ↗ ,mɛ.ɛl.nɛ.pa.fʁɑ̃.sɛz ↘]
  她法文説得很好，但是她不是法國人。

  > ❶ 句子尚未結束時，遇到段落時語調上揚，句子結束時下降。

NOTE

母音篇 17 音

Les voyelles

- 口腔母音 11 音
- 鼻腔母音 3 音
- 半母音 3 音

[a]

- **類似讀音**：注音符號ㄚ
- **發音技巧**：嘴巴張大

> Ça va ?　你好嗎？
> Ça va.　我很好。

常見單字

寫法: a	
ça	**café**
[sa]	[ka.fe]
這個	咖啡

聆聽發音

arbre	année
[aʁbʁ]	[a.ne]
樹	年

table	vacances
[tabl]	[va.kɑ̃s]
桌子	假期

寫法: à

là	déjà
[la]	[de.ʒa]
這裡、那裡	已經

voilà

[vwa.la]

就這樣

寫法: â

pâte	gâteau
[pat]	[ga.to]
麵團、麵	蛋糕

âge	tâche
[aʒ]	[taʃ]
年齡	汙漬

château

[ʃa.to]

城堡

寫法: -em(ment)

femme	récemment
[fam]	[re.sa.mɑ̃]
女人	最近地

apparemment

[a.pa.ʁa.mɑ̃]

明顯地

聆聽發音

你知道嗎？

- 法文的 [a] 在 19 世紀前還有一個雙胞胎兄弟 [ɑ]，兩者的發音都念「啊」，差別只在於發 [a] 的時候舌頭自然平躺於口中，然而發 [ɑ] 的時候，舌頭必須後縮稍微擋在喉前。語言有朝向「方便發音」演化的特性，因此現在漸漸地只留下發音比較簡單的 [a]。

- 法文中的 a 都發 [a] 音（除了 a 的複合音 ai, au 之外），不像英文有不同的變化。

- Femme 女人不簡單！
  通常說到 femme（發 [fam]）就會簡單地以「發音規則例外」的說法帶過。但是，其實沒這麼簡單。這個字源自拉丁文 femina，11 世紀的法文就出現了 femme 的寫法，發音雖然隨著時間改變，從 [fɛ̃mə] 變成 [fɛmə]，最後成了近代法文的 [famə]，但是寫法卻維持不變。

- 以 -emment 結尾的副詞發 [amɑ̃]。-ent 結尾的形容詞轉變成副詞時，字尾改成 -emment，例如：

  - **récent** ➡ **récemment**
    最近的　　　最近地

Un‿arbre	Des‿arbres
[ɛ̃.n‿aʀbʀ]	[de.z‿aʀbʀ]
一棵樹	一些樹
Une‿année	Des‿années
[y.n‿a,ne]	[de.z‿a.ne]
一年	幾年

Quel‿âge

[kɛ.l-aʒ]

幾歲

- **Qui vivra verra.**

[ki vi.vʀa vɛ.ʀa]

日久自明。（活著就會見到日後發生的事）

聆聽發音

◆ A: Ça va ? 你好嗎？

[sa.va]

B: Ça va très bien, et toi ?

[sa.va.tʁɛ.bjɛ̃, e.twa]

我很好，你呢？

◆ A: Il est déjà arrivé ?

[i.l-ɛ de.ʒa.a.ʁi.ve]

他已經到了嗎？

B: Non, pas (‿) encore. 還沒。

[nɔ̃, pa.(z‿)ã.kɔʁ]

Ah, le voilà ! 啊，他到了！

[a, lə.vwa.la]

◆ Oh là là ! 天啦！

[o.la.la]

◆ Bonne année ! 新年快樂！

[bɔ.n-a.ne]

[e]

- **類似讀音**：注音符號ㄟ
- **發音技巧**：嘴巴正常張口，嘴形類似微笑狀

> Bonne journée !
> 祝美好的一天！

常見單字

寫法：單音節的字彙中的 es, ed, ez, ef	
les [le] 那些（定冠詞）	**pied** [pje] 腳

聆聽發音

chez [ʃe] 在……家	**clef** [kle] 鑰匙

寫法: e

essaie [e.sɛ] 嘗試	**dessin** [de.sɛ̃] 圖畫

寫法: é

thé [te] 茶	**été** [e.te] 夏天
âgé [a.ʒe] 年長的	**télé** [te.le] 電視

vidéo
[vi.de.o]
影片

母音篇17音

口腔母音11音

鼻腔母音3音

半母音3音

trente-neuf | 039

寫法: ê 為音節尾音時	
fêter [fe.te] 慶祝	**rêver** [ʁe.ve] 作夢、夢想

寫法: ay	
payer [pe.je] 付款	**rayer** [ʁe.je] 劃掉、刪除

寫法: -er	
aimer [e.me] 喜歡	**parler** [paʁ.le] 説話
boulanger [bu.lɑ̃.ʒe] 麵包師傅	

聆聽發音

寫法：-ez

vous aimez	vous parlez
[vu.z‿e.me]	[vu.paʁ.le]
您們／您／你們喜歡	您們／您／你們說話

vous connaissez

[vu.kɔ.ne.se]

您們／您／你們認識

你知道嗎？

- -er（以 er 結尾）的字彙如果是動詞就是原形動詞，是規則變化的第一類動詞；-er 如果是名詞就是陽性名詞，只要將字尾改成 -ère 就成了陰性名詞，例：

  - **un boulanger**　　一位男的麵包師傅
    [ɛ̃ bu.lɑ̃.ʒe]

  - **une boulangère**　　一位女的麵包師傅
    [yn bu.lɑ̃.ʒɛʁ]

- -ez（以 ez 結尾）的字彙如果是動詞就是主詞為 vous 的變化，大部分動詞為 vous 的現在時態變化都是 ez 結尾；vous 在法文中除了指敬稱的「您」之外，也可以使用於複數的「你們」或是「您們」。

Les‿amis

[le.z‿a.mi]

那些朋友

Chez‿eux

[ʃe.z‿ø]

在他們家

En‿été

[ɑ̃.n‿e.te]

在夏天

Cet été

[sɛ.t‿e.te]

這個夏天

Des personnes‿âgés

[de.pɛʁ.sɔn.z‿a.ʒe]

一些年長者

謝語

■ **Il n'y a pas de fumée sans feu.**

[il ni.j-a.pa.də.fu.me.sɑ̃.fø]

無風不起浪。（沒有無火的煙）

聆聽發音

常用
例句

◆ Bon‿après-midi ！　祝美好的下午！

[bɔ.n‿a.pʀɛ.mi.di]]

◆ Bonne journée ！　祝美好的一天！

[bɔn.ʒuʀ.ne]

◆ Bonne soirée ！　祝美好的夜晚！

[bɔn.swa.ʀe]

◆ Allez ！　加油！

[a.le]

◆ À la télé　電視上

[a.la.te.le]

◆ Je peux vous‿aider ？

[ʒə.pø.vu.z‿e.de]
我可以幫您嗎？

◆ N'hésitez pas ！　別遲疑！

[ne.zi.te.pa]

母音篇17音

口腔母音11音

鼻腔母音3音

半母音3音

聽聽看　說說看

[ɛ]

- **類似讀音：**注音符號ㄝ
- **發音技巧：**嘴巴張大，嘴形呈微笑狀

> Joyeuse fête !
> 佳節愉快！

常見單字

寫法: è
père / **mère**

père	mère
[pɛʀ]	[mɛʀ]
父親	母親

 聆聽發音

frère	très
[fʀɛʀ]	[tʀɛ]
兄弟	很

grève
[gʀɛv]
罷工

寫法：e + 發音子音

sel	mer
[sɛl]	[mɛʀ]
鹽巴	大海

soleil	hôtel
[sɔ.lɛj]	[o.tɛl]
太陽	飯店

cher
[ʃɛʀ]
昂貴的

寫法: ê + 發音子音	
fête [fɛt] 節慶	**tête** [tɛt] 頭
prêt [pʀɛ] 準備好的	

寫法: ei + 發音子音	
treize [tʀɛz] 十三	**réveil** [ʀe.vɛj] 鬧鐘
La Seine [la.sɛn] 塞納河	

聆聽發音

寫法：ë

Noël

[nɔ.ɛl]

聖誕節

寫法：ai

lait

[lɛ]

奶

semaine

[sə.mɛn]

星期

secrétaire

[sə.kʁe.tɛʁ]

祕書

寫法：aî

maître

[mɛtʁ]

老師、大師

aîné

[ɛ.ne]

年長的

- [e] vs. [ɛ]

  在日常口語表達時，並不會特別強調它們的差異，所以同樣一個字可能會聽到發成 [e] 或是 [ɛ] 的不同唸法，例如：

  - **j'ai** 　　我有（發 [ʒɛ] 或 [ʒe]）
  - **je vais** 　我去（發 [ʒə.vɛ] 或 [ʒə.ve]）
  - **ticket** 　票（發 [ti.kɛ] 或 [ti.ke]）
  - **mai** 　　五月（發 [mɛ] 或 [me]）

- **Tel père, tel fils.**

  [tɛl.pɛʁ.tɛl.fis]

  有其父必有其子。

聆聽發音

連音
練習

Elle est belle. [ɛl-ɛ.bɛl] 她很漂亮。	En Espagne [ɑ̃.n ɛs.paɲ] 在西班牙

Vous aimez…

[vu.z e.me]

您們／您／你們喜歡……

Ils aiment…

[Il.z ɛm]

他們喜歡……

Nous aimons…

[nu.z e.mɔ̃]

我們喜歡……

◆ Joyeuse fête！ 佳節愉快！
[ʒwa.jøz.fɛt]

◆ A：Qu'est-ce que c'est？
[kɛsk.sɛ]
這是什麼？

B：C'est‿un réveil.
[sɛ.t‿ɛ̃.ʁe.vɛj]
這是一個鬧鐘。

◆ S'il vous plait 麻煩您
[sil.vu.plɛ]

◆ Je t'aime 我愛你／妳
[ʒə.tɛm]

◆ Avec plaisir 很榮幸
[a.vɛk.plɛ.ziʁ]

聆聽發音

聽聽看

[i]

說說看

- **類似讀音：** 注音符號ㄧ
- **發音技巧：** 嘴巴微張，嘴形成一直線

C'est la vie !
這就是人生！
這就是生活！

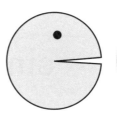

常見單字

寫法: i	
il [il] 他	**vie** [vi] 人生、生活

ici [i.si] 這裡	**merci** [mɛʀ.si] 謝謝
Paris [pa.ʁi] 巴黎	**idée** [i.de] 點子

cinéma

[si.ne.ma]

電影、電影院

寫法: î

île [il] 島嶼	**dîner** [di.ne] 晚餐

abîmer

[a.bi.me]

破壞

聆聽發音

寫法： ï	
aïe [aj] 唉啊	**maïs** [ma.is] 玉米
naïf [na.if] 天真	

寫法： y	
typique [ti.pik] 典型的	**dynamique** [di.na.mik] 活躍的
analyse [a.na.liz] 分析	

你知道嗎？

- Mais 不是 maïs！

這兩個字乍看之下一樣，但是仔細瞧瞧會發現 i 上面小小的兩點（稱為「tréma」分音符號）造成的影響可是很巨大，除了必須將 i 單獨發音之外，當然意思也會因此而改變。例如：mais 發 [mɛ]，意指「但是」；而 maïs 發 [mais]，意指「玉米」。

- Aïe 為何什麼不發 [ai] 而是 [aj]？

的確，aïe 的 ï 有分音符號需要分開發音，但是別忘了，口語中當兩個母音緊接著發音時，後面母音會變短（半母音），所以 [i] 就發成半母音的 [j]，讓口語更生動。

諺語

- **Petit‿à petit, l'oiseau fait son nid.**

[pə.ti.t‿a.pə.ti, lwa.zo.fɛ.sɔ̃.ni]

積少成多。（一點一滴小鳥築巢）

聆聽發音

連音
練習

Une idée

[y.n-i.de]

一個點子

Deux‿idées

[dø.z‿i.de]

兩個點子

Quelle bonne idée !

[kɛl.bɔ.n-i.de]

非常好的點子！

Une île

[y.n-il]

一座島嶼

Des‿îles

[de.z‿il]

一些島嶼

◆ A：Ça te dirait d'aller au cinéma ?

[sa.tə.di.ʁɛ.da.le.o.si.ne.ma]

你要不要去電影院？

B：Bonne idée !　好主意！

[bɔ.n-i.de]

A：Parfait ! On‿y va !

[paʁ.fɛ! ɔ̃.n‿i.va]

太好了，我們走吧！

◆ A：Merci pour votre aide.

[mɛʁ.si.puʁ.vɔtʁ.ɛd]

謝謝您的幫忙。

B：Il n'y a pas de quoi !

[il.ni.j‿a.pa.də.kwa]

沒什麼大不了的，不客氣！

 聆聽發音

◆ C'est la vie !

[sɛ.la.vi]

這就是人生！這就是生活！

◆ Bon‿appétit !

[bɔ̃.n‿a.pe.ti]

祝好胃口！用餐愉快！

◆ Il‿y‿a du monde.

[Il.l-j-a.dy.mɔ̃d]

人很多。

[y]

- **類似讀音：** 注音符號ㄩ
- **發音技巧：** 嘴巴微張，嘟嘴成小圓形，類似親嘴的嘴形

Bienvenue！
歡迎光臨！

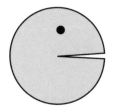 

常見單字

寫法: u	
une	**rue**
[yn]	[ʁy]
一個（陰性）	道路

聆聽發音

jupe	bus
[ʒyp]	[bys]
裙子	公車

sucre	musée
[sykʁ]	[my.ze]
糖	博物館

légume	musique
[le.gym]	[my.zik]
蔬菜	音樂

voiture	supermarché
[vwa.tyʁ]	[sy.pɛʁ.maʁ.ʃe]
車子	市場

寫法：û

dû	sûr
[dy]	[syʁ]
應該（devoir 過去分詞）	確定的

flûte	brûler
[flyt]	[bʁy.le]
笛子	燒焦

piqûre
[pi.kyʁ]
叮傷

寫法: eu

eu
[y]
有（avoir 過去分詞）

你知道嗎？

- Eu [y] 自成一家！

通常學過 [ø] 或 [œ] 發音規則的人，看到 eu 放在一起就會很自然地發成 [ø] 或 [œ]，然而事實卻不是如此。當 eu 單獨出現時，是動詞 avoir（有）的過去分詞，基於強調動詞特性，不僅保留了古法文過去式的字根，連發音也一同保留，因此會發成 [y] 的音，千萬不要唸錯了！

聆聽發音

連音
練習

C'est utile.

[sɛ.t‿y.til]

這很實用。

Ça vous a plu ?

[sa.vu.z‿a.ply]

您還滿意嗎？

Pas urgent du tout

[pa.z‿yʁ.ʒɑ̃.dy.tu]

一點都不緊急

Sens dessus dessous

[sɑ̃s.də.sy.də.su]

顛倒、不合理、本末倒置

Elle a eu un rhume.

[ɛl-a.y.ɛ̃.ʁym]

她感冒了。

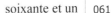

◆ **Bienvenue !** 歡迎光臨！

[bjɛ̃.və.ny]

◆ **Salut !** 你好！（熟人間使用）

[sa.ly]

◆ **Excusez-moi !**

[ɛks.ky.ze.mwa]

不好意思！對不起！（以您相稱時）

◆ **Excuse-moi !**

[ɛks.kyz.mwa]

不好意思！對不起！（以你相稱時）

◆ **Pas mal du tout !** 一點都不差！

[pa.mal.dy.tu]

聆聽發音

◆ **Sublime !** 美極了！

[syb.lim]

◆ **Super !** 棒極了！

[sy.pɛʁ]

◆ **J'en suis sûr !** 我堅信！我就知道！

[ʒɑ̃.sɥi.syʁ]

◆ **Ça suffit !** 夠了！

[sa.sy.fi]

◆ **C'est nul !** 糟透了！

[sɛ.nyl]

■ **Les murs‿ont des‿oreilles.**

[le.myʁ.z‿ɔ̃.de.z‿ɔ.ʁɛj]

隔牆有耳。

諺語

聽聽看　說說看

[u]

- **類似讀音：**注音符號ㄨ
- **發音技巧：**嘴巴微張，嘴型成小圓狀

Mon‿amour !
我的愛！

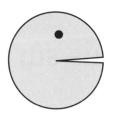

常見單字

寫法: ou	
ou [u] 或者	**nous** [nu] 我們

vous	amour
[vu]	[a.mu]
您們／您／你們	愛意
tout	cours
[tu]	[kuʁ]
全部	課程
écouter	beaucoup
[e.ku.te]	[bo.ku]
聆聽	多
surtout	boulanger
[syʁ.tu]	[bu.lɑ̃.ʒe]
尤其	麵包師傅

寫法：où

où

[u]

哪裡

寫法: oû	
août [ut] 八月	**goût** [gu] 品味、味道
coût [ku] 花費	**coûteux** [ku.tø] 很花錢的

你知道嗎?

- Août 的 [a] 是演化的受害者!

  話説 août 八月的命名,源自於榮耀羅馬帝王奧古斯都(Augustus)的功績,八月的名字從 augustus 演變為 aoust,最後成為現代法文的 août。

  二十世紀中之前,août 的 [a] 都還是會發音,然而在語言演化的過程中,許多音素經歷了「減音」歷程,而 [a] 也因此消失,只留下 [ut]。根據發音規則,字尾的子音不發音,因此也有法語地區的 août 唸成 [u],例如加拿大魁北克;但是在法國還是都把 août 唸成 [ut]。

  至於 août 的 û 寫法,在 1990 年的拼寫矯正以後,也容許 u 不帶尖帽子的「aout」寫法。

聆聽發音

連音練習

En aout

[ɑ̃.n‿ut]

在八月

Mon amour !

[mɔ̃.n‿a.muʁ]

我的愛！

Je vous écoute.

[ʒə.vu.z‿e.kut]

我聽您們／您／你們説（請説）。

Tu m'écoutes ?

[ty.me.kut]

你在聽我説話嗎？

Vous nous écoutez ?

[vu.nu.z‿e.ku.te]

您們／您／你們聽我們説話嗎？

■ **Plus‿on‿est de fous, plus‿on rit.**

[ply.z‿ɔ̃.n‿ɛ d(ə) fu, ply.z‿ɔ̃ ʁi]

人越多越熱鬧。

諺語

◆ **Bonjour** 您好

[bɔ̃.ʒuʁ]

◆ **Coucou** 哈囉（熟人之間使用）

[ku.ku]

◆ **Un rendez-vous** 一個約會

[ɛ̃.ʁɑ̃.de.vu]

◆ **Comme vous voulez** 隨您意思

[kɔm.vu.vu.le]

◆ **S'il vous plait** 麻煩您

[sil.vu.plɛ]

◆ **C'est pour vous.** 這是給您的。

[sɛ.puʁ.vu]

◆ **Pas du tout** 一點也不

[pa.dy.tu]

聆聽發音

聽聽看

$$[\text{ø}]$$

À la queue leu leu !
大排長龍！

說說看

- **類似讀音**：注音符號ㄜ，但音比較輕短，會感受到發音區域接近舌尖區
- **發音技巧**：嘴巴微張，嘴形微圓狀

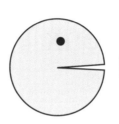

常見單字

寫法: eu	
eux	deux
[ø]	[dø]
他們（受詞）	二

peu [pø] 少	**jeu** [ʒø] 遊戲
cheveu [ʃə.vø] 頭髮	**joyeux** [ʒwa.jø] 愉快的
heureux [ø.ʁø] 幸福的	**monsieur** [mə.sjø] 先生
chanteuse [ʃɑ̃.tøz] 女歌手	**chaleureux** [ʃa.lø.rø] 熱情的

寫法: œu

vœu [vø] 願望	**nœud** [nø] 結

聆聽發音

œufs

[ø]

蛋（複數）

你知道嗎？

- 法文的蛋會看數字的臉色！

  一顆蛋的法文是 un_œuf [ɛ̃.n_œf]，兩顆蛋以上 œuf 會加上 s 表示複數，寫成 œufs [ø]，但是發音卻會少了 [f]。然而這個規則不是定律，因為有些蛋會看前面的連音是否為 [z]，如果不是 [z] 就會將複數蛋的 [f] 發出來，或是依據習慣希望讓聽者聽清楚是蛋，會特地強調 [f]，例如：

  - **cinq œufs** ➔ [sɛ̃.k_ø] 或 [sɛ̃.k_øf] 五顆蛋
  - **six œufs** ➔ [sɛ.t_ø] 或 [sɛ.t_øf] 六顆蛋

  但是不論音怎麼變，先循規蹈矩地發音，如果對方聽不懂的話再變吧！

- **Loin des_yeux, loin du cœur.**　　　　　　　　　**諺語**

  [lwɛ̃.de.z_jø, lwɛ̃.dy.kœʁ]

  距離漸遠感情漸淡。

Chez‿eux	Les‿œufs
[ʃe.z‿ø]	[le.z‿ø]
在他們家	這些蛋

Joyeux‿anniversaire

[ʒwa.jø.z‿a.ni.vɛʁ.sɛʁ]

生日快樂

Il est‿amoureux.

[i.l-ɛ.t‿a.mu.ʁø]

他戀愛了。

Elle est‿amoureuse.

[ɛ.l-ɛ.t‿a.mu.ʁøz]

她戀愛了。

聆聽發音

◆ **À la queue leu leu !** 大排長龍！
[a.la.kø.lø.lø]

◆ **La Fête des‿amoureux !**
[la.fɛt.de.z‿a.mu.ʁø]

= **La Saint Valentin !** 情人節！
[la.sɛ̃.va.lɑ̃.tɛ̃]

◆ **Oh mon dieu !** 我的天！
[o.mɔ̃.djø]

◆ **Il pleut.** 下雨了。
[il.plø]

◆ **Si tu veux.** 如果你想的話。
[si.ty.vø]

◆ **Tu es sérieux ?** 你是認真的嗎？
[ty.ɛ.se.ʁjø]

◆ **Ça veut dire...** 意指……
[sa.vø.diʁ]

[ə]

- **類似讀音：**注音符號ㄜ，可模仿不知如何回答時常說的「呃……」
- **發音技巧：**嘴巴正常張口，嘴形微圓

Pas de problème !
沒問題 !

常見單字

寫法: e	
le [lə] 那個（陽性定冠詞）	**petit** [pə.ti] 小的

聆聽發音

premier	fenêtre
[pʁə.mje]	[fə.nɛtʁ]
第一個	窗戶
lever	repas
[lə.ve]	[ʁə.pa]
舉起	餐食
remercier	mercredi
[ʁə.mɛʁ.sje]	[mɛʁ.kʁə.di]
感謝	星期三
vendredi	samedi
[vɑ̃.dʁə.di]	[sa.mə.di]
星期五	星期六

- 搖擺不定的 e [ə]

  法文中的 e，依照一般發音規則必須發成 [ə]，但是如果仔細聽會發覺在日常口語中，句子中很多 [ə] 都消失了，除了說話語速的因素之外，句中含 e 的單音節字，e 會被省略不發音；另外，當 e 遇到以下兩種情況時，[ə] 就會消失：

  1. 字尾的 e 不發音，如：timide 害羞（發 [ti.mid]）、la France 法國（發 [la.fʁɑ̃s]）。

  2. 字中第二個音節開始算起的 e 不發音，如：acheter 購買（發 [aʃ.te]）、appeler（發 [ap.le]）。

- E [ə] 的三子音定律

  雖然 e [ə] 很跳動，但是當它遇上三個需要連續發聲的子音時，可是無法省略，因為三個子音沒有 [ə] 的幫助會說不出話來！例：entretien 面試（發 [ɑ̃.tʁə.tjɛ̃]）、notre liberté 我們的自由（發 [nɔ.tʁə.li.bɛʁ.te]）。

聆聽發音

Un petit peu.

[ɛ̃.pə.ti.pø]

一點點。

Un compte rendu

[ɛ̃.kɑ̃.t-ʁɑ̃.dy]

一份摘要

Qu'est-ce qu'il y a ?

[kɛs.ki.l-j-a]

怎麼了？

Beaucoup de fatigue

[bo.ku.də.fa.tig] ➡ 演講語速（慢）

[bo.ku.də.fa.tig] ➡ 說話語速（快）

費力的

Je ne te vois pas.

[ʒə.nə.tə.vwa.pa] ➡ 演講語速（慢）

[ʒə.nə.tə.vwa.pa] ➡ 說話語速（快）

我看不到你。

◆ **Qu'est-ce qu'il se passe ?**

[kɛs.kil.sə.pas]

發生什麼事了？怎麼了？

◆ **Rien de grave.** 沒什麼要事。

[ʁjɛ̃.də.gʁav]

◆ **À toute à l'heure** 待會見

[a.tu.t-a.lœʁ]

◆ **À demain** 明天見

[a.də.mɛ̃]

◆ **Je vous remercie** 謝謝您

[ʒə.vu.ʁə.mɛʁ.si]

聆聽發音

◆ **Je ne sais pas** 我不知道

[ʒə.nə.sɛ.pas]

◆ **Pas de problème !** 沒問題！

[pa.də.pʁo.blɛm]

◆ **Ça marche** 好的、可以

[sa.maʁʃ]

■ **Mieux vaut tard que jamais.** 諺語

[mjø.vo.taʁ.kə.ʒa.mɛ]

亡羊補牢，為時未晚。（遲到總比不到好）

[œ]

- **類似讀音**：注音符號ㄜ，但音比較重長，會感受到發音區接近喉嚨部位
- **發音技巧**：嘴巴正常張口，嘴形成微圓形

À tout＿à l'heure !
待會見！

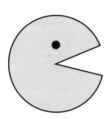

常見單字

寫法：œ
œil
[œj]
眼睛（單數）

聆聽發音

寫法：eu

neuf [nœf] 九	**peur** [pœʁ] 害怕
fleur [flœʁ] 花	**heure** [œʁ] 鐘點
bonheur [bɔ.nœʁ] 幸福	**plusieurs** [ply.zjœʁ] 好幾個
chanteur [ʃɑ̃.tœʁ] 男歌手	**écureuil** [e.ky.ʁœj] 松鼠

寫法：œu

œuf [œf] 蛋（單數）	**sœur** [sœʁ] 姐妹

cœur [kœʁ] 心	bœuf [bœf] 公牛

œuvre

[œvʁ]

作品

寫法: ue + il

accueil [a.kœj] 接待	orgueil [ɔʁ.gœj] 自豪

cercueil

[sɛʁ.kœj]

棺材

聆聽發音

你知道嗎？

- Œ / œ 怎麼說？

  稱為 e dans l'o [ə.dã.lo]，意指 o 中的 e，來自於希臘文和拉丁文，但是不屬於法文字母，只是用來表示發 [œ] 或 [ø] 音的文字，因此書寫時不可將 o 和 e 分開。例如：

  - **un œuf** [ɛ̃.n‿œf] 一顆蛋
  - **des œufs** [de.z‿ø] 一些蛋
  - **un bœuf** [ɛ̃.bœf] 一隻公牛
  - **des bœufs** [de.bø] 一些公牛

- 既然 eu 也發 [œ] 或 [ø]，為何需要 œu？

  多虧了文藝復興時期的文法規則，為了標示具 eu 文字的拉丁來源以及美觀考量，將 o 與 e 相連，造出 œu，例如 sœur 和 cœur 就是拉丁文的後裔。

Un‿œuf
[ɛ̃.n‿œf]

一顆蛋

Un‿œil
[ɛ̃.n‿œj]

一隻眼睛

Une heure
[y.n-œʁ]

一小時、一點鐘

Neuf‿heures
[nœ.v‿œʁ]

九小時、九點鐘

Une œuvre d'art
[y.n-œvʁ.daʁ]

一件藝術品

聆聽發音

◆ A：C'est l'heure de partir, vous‿êtes prêts ?

[sɛ.lœʁ.də.paʁ.tiʁ, vu.z‿ɛt.pʁɛ]

是出發的時候了，你們準備好了嗎？

B：Oui, on‿y va !

[wi, ɔ̃.n‿i.va]

好了，走吧！

◆ À tout‿à l'heure !

[a.tu.t‿a.lœʁ]

待會見！

◆ Ça fait mal au cœur.

[sa.fɛ.ma.l-o.kœʁ]

這件事令人難過。

A：À quelle <u>heure</u> on se voit ce soir ?

[a.kɛ.l-œʁ.ɔ̃.sə.vwa.sə.swaʁ]

我們今晚幾點見？

B：À six‿heures, ça te va ?

[a.si.z‿œʁ, sa.tə.va]

六點見，你方便嗎？

A：Ça marche ! 可以！

[sa.maʁʃ]

■ **Œil pour œil, dent pour dent.**

[œj.puʁ.œj, dɑ̃.puʁ.dɑ̃]

以眼還眼，以牙還牙。

聆聽發音

聽聽看

[o]

De l'eau, s'il vous plait.
來點水，麻煩您。

說說看

- **類似讀音**：注音符號ㄡ
- **發音技巧**：嘴巴微張，嘴形成圓形小嘴

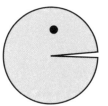 

常見單字

寫法：o	
rose	euro
[ʁoz]	[ø.ʁo]
玫瑰	歐元

vélo	photo
[ve.lo]	[fo.to]
自行車	照片

寫法: ô

tôt	drôle
[to]	[dʁol]
早	有趣的、奇怪的

diplôme	contrôle
[di.plom]	[kɔ̃.tʁol]
學歷	控制

hôpital

[o.pi.tal]

醫院

寫法: au

chaud	haut
[ʃo]	[o]
熱的	高的

聆聽發音

autre	jaune
[otʁ]	[ʒon]
其他的	黃色
aussi	travaux
[o.si]	[tʁa.vo]
也	工程

寫法：eau

eau	cadeau
[o]	[ka.do]
水	禮物
bateau	gâteau
[ba.to]	[ga.to]
船	蛋糕

château
[ʃa.to]
城堡

- Château d'eau 不是 château 喔！

  如果到南法旅行或是比較空曠的鄉下地方，一定會看見 château d'eau 的路標，千萬不要自行在腦中畫出城堡的樣子，一路跟著指標尋找這個水之城堡（很美的名字），因為翻山越嶺之後你會發現：原來 château d'eau 是大型蓄水池！（有了這個經驗之後，相信你一輩子也忘不了）

■ Chose promise, chose due.　　　　　　　　諺語

[ʃoz pro.miz, ʃoz.dy]

言而有信。（說到要做到）

聆聽發音

連音
練習

Un_euro	Un_autre
[ɛ̃.n‿ø.ʁo]	[ɛ̃.n‿otʁ]
一歐元	另一個

Tout_en haut

[tu.t‿ɑ̃.o]

在最高處

Il me faut dix_euros.

[il.mə.fo.di.z‿ø.ʁo]

我需要十歐元。

Elle_est_à l'hôpital.

[ɛ.l-ɛ.t‿a.lo.pi.tal]

她在醫院。

◆ **Bravo !** 精彩！讚！
[bʁa.vo]

◆ **Aucune idée.** 毫無頭緒。
[o.ky.n-i.de]

◆ **C'est chaud.** 很燙。
[sɛ.ʃo]

◆ **Il fait chaud.** 很熱。
[il.fɛ.ʃo]

聆聽發音

◆ J'ai chaud. 我覺得熱。

[ʒɛ.ʃo]

◆ De l'eau, s'il vous plait.

[də.lo,sil.vu.plɛ]

來點水，麻煩您。

◆ En travaux. 施工中。

[ɑ̃.tʁa.vo]

[ɔ]

- **類似讀音**：注音符號ㄛ
- **發音技巧**：嘴巴正常張口，嘴形圓形

> Ça va ? la forme ?
> 你好嗎？身體好嗎？

常見單字

寫法：**O** ＋ 發音子音（**Z** 除外）	
porte	**poste**
[pɔʁt]	[pɔst]
門	職位、郵局

 聆聽發音

dehors	objet
[də.ɔʁ]	[ɔb.ʒɛ]
外面	物品

alcool	octobre
[al.kɔl]	[ɔk.tɔbʁ]
酒精	十月

ordinateur	téléphone
[ɔʁ.di.na.tœʁ]	[te.le.fɔn]
電腦	電話

寫法：-um

maximum	minimum
[mak.si.mɔm]	[mi.ni.mɔm]
最大	最小

aquarium
[a.kwa.ʁj.ɔm]
水族箱、水族館

• Oignon [ɔ.ɲɔ̃] 洋蔥有故事！

依據發音規則 oignon 照理應唸成 [wa.ɲɔ̃]，但是為什麼正確的唸法反而是 [ɔ.ɲɔ̃]？起源必須回溯至洋蔥的拉丁祖先 unionem，流傳到 12 世紀時法文稱為 unnium，13 世紀變成 oingnun，最後到了 14 世紀才有了今日的 oignon 寫法──當時的洋蔥就已經唸成 [ɔ.ɲɔ̃] 了，因為以前「ign」中的 i 是不發音的。雖然其它原本有 ign 的字都漸漸地改變了寫法（如 montagne）或是唸法（如 poigne），但是 oignon 還是始終如一。

■ **Qui vole un‿œuf vole un bœuf.**
[ki.vɔl.ɛ̃.n‿œf.vɔl.ɛ̃.bœf]
小時偷針，大時偷金。（小時偷蛋，大時偷牛）

聆聽發音

連音
練習

En‿octobre

[ɑ̃.n‿ɔk.tɔʁ]

在十月

Pas‿encore

[pa.z‿ɑ̃.kɔʁ]

尚未

Un cocktail sans‿alcool

[ɛ̃.kɔk.tɛl.sɑ̃.z‿al.kɔl]

一杯無酒精的雞尾酒

Des‿objets perdus

[de.z‿ɔb.ʒɛ.pɛʁ.dy]

遺失的物品

J'adore cet ordinateur.

[ʒa.dɔʁ.sɛ.t‿ɔʁ.di.na.tœʁ]

我超喜歡這台電腦。

◆ A：Ça va ? la forme ?
[sa.va, la.fɔʁm]
你好嗎？身體好嗎？

B：Oui, super ！ 好極了！
[wi.sy.pɛʁ]

◆ Tu as bonne mine. 你氣色很好。
[ty.a.bɔn.min]

◆ Quelle horreur ！ 太可怕了！糟到不行！
[kɛ.l-ɔ.ʁœʁ]

◆ C'est‿horrible ！ 很可怕！很糟糕！
[sɛ.t‿ɔ.ʁibl]

◆ Occupe-toi de tes‿oignons ！
[ɔ.kyp.twa də.te.z‿ɔ.ɲɔ̃]
別多管閒事！

聆聽發音

聽聽看

$$[\tilde{\varepsilon}]$$

說說看

- **類似讀音：** 注音符號ㄤˋ（盎），帶鼻音
- **發音技巧：** 嘴巴張大，嘴形微笑狀，必須感受到鼻腔震動

C'est sympa.
令人感覺很好。

常見單字

寫法：in	
vin [vɛ̃] 酒	cinq [sɛ̃k] 五

lapin

[la.pɛ̃]

兔子

寫法: im

impossible

[ɛ̃.pɔ.sibl]

不可能的

寫法: yn

synthèse

[sɛ̃.tɛz]

合成、整合

寫法: ym

sympa

[sɛ̃.pa]

友好的

聆聽發音

寫法: un

un
[ɛ̃]
一

lundi
[lɛ̃.di]
星期一

寫法: um

parfum
[paʁ.fɛ̃]
香水

humble
[ɛ̃bl]
謙虛的

寫法: ain

pain
[pɛ̃]
麵包

main
[mɛ̃]
手

寫法: aim

faim
[fɛ̃]
飢餓

寫法: ein	
plein [plɛ̃] 滿的	**peinture** [pɛ̃.tyʁ] 畫

寫法: eim
Reims [ʁɛ̃s] 漢斯

寫法: ien	
bien [bjɛ̃] 好地	**rien** [ʁjɛ̃] 沒有任何東西

寫法: yen
moyen [mwa.jɛ̃] 方式

聆聽發音

寫法: en

examen

[ɛg.za.mɛ̃]

考試

你知道嗎？

● 消失的 [œ̃]……

這個發音與標示符號，很多 40 歲以下的法國人都不知道。
[œ̃] 與 [ɛ̃] 的發聲類似，而且發音位置鄰近，因此在語言口語
化的過程中，與發音演進的歷史上漸漸被 [ɛ̃] 取代。

有些學者堅持認為應該將 [œ̃] 從 [ɛ̃] 中分離出來，然而還是不
敵時代潮流的驚人力量，[œ̃] 不僅在新教材中消失，在人們
的記憶痕跡中也變得模糊。

■ **La fin justifie les moyens.**　　　　　諺語

[la.fɛ̃.ʒys.ti.fi.le.mwa.jɛ̃]

為達目的不擇手段。

J'ai un‿examen lundi prochain.

[ʒɛ.ɛ̃.n‿ɛg.za.mɛ̃.ʒ.lɛ̃.di.pʁɔ.ʃɛ̃]

下星期一我有一個考試。

C'était en juin.

[se.tɛ.ɑ̃.ʒɥɛ̃]

當時是六月。

Il n'y‿a rien ici.

[il.nj-a.ʁjɛ̃.i.si]

這裡什麼都沒有。

Ils marchent main dans la main.

[il.maʁʃ.mɛ̃.dɑ̃.la.mɛ̃]

他們手牽手走在一起。

J'ai faim, je veux du pain et du vin.

[ʒɛ.fɛ̃, ʒə.vø.dy.pɛ̃.e.dy.vɛ̃]

我餓了，我要麵包和酒。

聆聽發音

◆ Du pain, s'il vous plait.

[dy.pɛ̃, sil.vu.plɛ]

再來一些麵包，麻煩您。

◆ À demain.　明天見。

[a.də.mɛ̃]

◆ Un‿instant !　稍等一下！

[ɛ̃.n‿ɛ̃s.tɑ̃]

◆ Enfin !　終於！

[ɑ̃.fɛ̃]

◆ De rien.　不客氣。

[də.ʁjɛ̃]

◆ Bien sur !　當然！

[bjɛ̃.syʁ]

◆ C'est sympa.　令人感覺很好。

[sɛ.sɛ̃.pa]

$$[\tilde{a}]$$

- **類似讀音**：注音符號ㄨㄥˋ（甕），帶鼻音
- **發音技巧**：嘴巴張大，必須感受到鼻腔震動

Bonnes vacances !
假期愉快！

常見單字

寫法: an	
an	français
[ã]	[fʁã.sɛ]
年	法文、法國的、法國人

聆聽發音

quand	manger
[kɑ̃]	[mɑ̃.ʒe]
何時	吃

vacances
[va.kɑ̃s]
假期

寫法：am

chambre	jambon
[ʃɑ̃bʁ]	[ʒɑ̃.bɔ̃]
房間	火腿

camping	campagne
[kɑ̃.piŋ]	[kɑ̃.paɲ]
露營	鄉村

champagne
[ʃɑ̃.paɲ]
香檳

寫法: en

enfant	rencontre
[ɑ̃.fɑ̃]	[ʁɑ̃.kɔ̃tʁ]
小孩	相遇

prendre	penser
[pʁɑ̃dʁ]	[pɑ̃.se]
拿、搭	想著

appartement

[a.paʁt.mɑ̃]

公寓

寫法: em

temps	longtemps
[tɑ̃]	[lɔ̃.tɑ̃]
時間、天氣	很久一段時間

ensemble

[ɑ̃.sɑ̃bl]

一起

聆聽發音

embarrassant

[ɑ̃.ba.ʁa.sɑ̃]

令人尷尬的

embouteillage

[ɑ̃.bu.tɛ.jaʒ]

塞車

你知道嗎？

- François 是 Français 的祖先！

聽到 François 或 Françoise 會讓人馬上聯想到法國人的名字，但是你知道嗎？它也是「法文」français 的舊名。François 原指在法蘭克的人民及其溝通的語言，受到不同外來語的影響而分歧不一，雖然法文結構隨著時代演進漸漸成型，但是必須等到 16 世紀時法國國王法蘭西一世（François Ier）才統一法文規範，並將法文訂為官方語言，而拉丁文則正式退出政治舞台。！

■ **Autres temps, autres mœurs.**   謪語

[otʁ.tɑ̃.otʁ.mœʁ]

時代不同，風俗不同。

Il prend le volant.

[il.pʀɑ̃.lə.vɔ.lɑ̃]

他開車。

Nous‿allons‿en‿Angleterre.

[nu.z‿a.lɔ̃.z‿ɑ̃.n‿ɑ̃.glɛ.tɛʀ]

我們要去英國。

Il habite dans‿un‿appartement.

[i.l-a.bit.dɑ̃.z‿ɛ̃.n‿a.paʀt.mɑ̃]

他住在一間公寓。

On sort souvent ensemble.

[ɔ̃.sɔʀ.su.vɑ̃.ɑ̃.sɑ̃bl]

我們時常一起出去。

Nos‿enfants‿ont un et deux‿ans.

[no.z‿ɑ̃.fɑ̃.z‿ɑ̃.ɛ̃.e.dø.z‿ɑ̃]

我們的小孩各 1 歲和 2 歲。

聆聽發音

◆ **Bonnes vacances !** 假期愉快！
[bɔn.va.kɑ̃s]

◆ **Attendez !** 等一下！
[a.tɑ̃.de]

◆ **Tu m'entends ?** 你聽得到我嗎？
[ty.mɑ̃.tɑ̃]

◆ **Il fait quel temps ?** 天氣如何？
[il.fɛ.kɛl.tɑ̃]

◆ **Ça fait longtemps.** 已經好一段時間了。
[sa.fɛ.lɔ̃.tɑ̃]

◆ **Ce n'est pas mon genre.**
[sə.nɛ.pa.mɔ̃.ʒɑ̃ʁ]
這不是我的型。

[ɔ̃]

- **類似讀音：**注音符號ㄡ＋ㄥ（類似誦經的「嗡嗡聲」），帶鼻音
- **發音技巧：**嘴巴微張，嘴形成圓形小嘴，必須感受到鼻腔震動

On y va !
我們走吧！

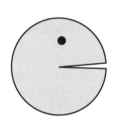

常見單字

寫法: on	
on [ɔ̃] 我們（口語使用）、 人們、有人	**bon** [bɔ̃] 好吃的

聆聽發音

long [lɔ̃] 長的	honte [ɔ̃t] 羞恥
monde [mɔ̃d] 世界	bonbon [bɔ̃.bɔ̃] 糖果
tonton [tɔ̃.tɔ̃] 伯伯、叔叔、舅舅	garçon [gaʁ.sɔ̃] 男孩
concert [kɔ̃.sɛʁ] 音樂會	attention [a.tɑ̃.sjɔ̃] 注意、小心

寫法: om

nom [nɔ̃] 姓	prénom [pʁe.nɔ̃] 名

ombre	commence
[ɔ̃bʀ]	[kɔ.mɑ̃s]
陰影	開始

comprendre
[kɔ̃.pʀɑ̃dʀ]
瞭解

你知道嗎？

- -tion 看似 tion 卻唸 [sjɔ̃]！
  法文中以 -tion 結尾的名詞，用以表示動作或是概念，雖然詞性都是陰性，但是發音卻必須特別注意要唸成 [sjɔ̃]。例如：注意 attention [a.tɑ̃.sjɔ̃]、游泳 natation [na.ta.sjɔ̃]。

- 注意！
  動詞變化中的 -tion 還是唸成 [tjɔ̃]，例如：nous étions、nous achetions。

諺語

■ **Bon chat, bon rat.**
[bɔ̃.ʃa.bɔ̃.ʀa]
棋逢對手。（好貓碰上好老鼠）

聆聽發音

連音練習

Allons-⌣y ! [a.lɔ̃.z⌣i] 我們走吧！	**Ils⌣en font trop.** [il.z⌣ɑ̃.fɔ̃.tʁo] 他們做得太超過了。

Ils vont aux⌣États-⌣Unis.

[il.vɔ̃.o.z⌣e.ta.z⌣y.ni]

他們去美國。

Ils⌣ont les bonbons de mon tonton.

[il.z⌣ɔ̃.le.bɔ̃.bɔ̃.də.mɔ̃.tɔ̃.tɔ̃]

他們有我舅舅的糖果。

Les cochons sont mignons.

[le.kɔ.ʃɔ̃.sɔ̃.mi.ɲɔ̃]

豬很可愛。

◆ **Tout le monde.** 大家。
[tu.lə.mɔ̃d]

◆ **Attention！** 小心！
[a.tɑ̃.sjɔ̃]

◆ **On‿y va！** 我們走吧！
[ɔ̃.n‿i.va]

◆ **On s'en va.** 我們要離開了。
[ɔ̃.sɑ̃.va]

◆ **C'est bon！** 好吃！
[sɛ.bɔ̃]

◆ **La honte！** 真是丟臉！
[la.ɔ̃t]

◆ **C'est de la bombe！** 棒極了！
[sɛ.də.la.bɔ̃b]

 聆聽發音

聽聽看

[j]

Bon voyage !
旅途愉快！

說說看

- **類似讀音：**將注音符號ㄧ和ㄜ放在一起，發出簡短的音
- **發音技巧：**嘴巴微張，嘴形類似 [i] 的一直線，但是聲音簡短有力

常見單字

寫法：i + 母音	
ciel	**miel**
[sjɛl]	[mjɛl]
天空	蜂蜜

lion [ljɔ̃] 獅子	**bien** [bjɛ̃] 好
génial [ʒe.njal] 棒極	**mariage** [ma.ʁjaʒ] 婚姻

寫法：**y** + 母音

yaourt [ja.uʁt] 優格	**voyage** [vwa.jaʒ] 旅行
payer [pɛ.je] 付費	**loyer** [lwa.je] 房租

yoga
[jo.ga]
瑜珈

聆聽發音

寫法: -il

ail

[aj]

蒜

soleil

[sɔ.lɛj]

太陽

travail

[tʁa.vaj]

工作

accueil

[a.kœj]

接待

pareil

[pa.ʁɛj]

相同

寫法: -ille

fille

[fij]

女孩、女兒

famille

[fa.mij]

家庭

taille

[taj]

尺寸

merveille

[mɛʁ.vɛj]

精彩

bouteille

[bu.tɛj]

瓶子

你知道嗎？

- 切記 ville、tranquille、mille 的 ille 不是發 [j] 而是 [il] 喔！
  為什麼？因為這幾個字從拉丁文演進到法文時，把原本兩個 ll 的發音縮減為一個 l 的發音，但是仍舊保留拉丁文兩個 ll 的寫法。例如 ville 城市的拉丁原文為 villa，法文變為 ville，發 [vil]。

  話說 [j] 的音是從拉丁原文中 -lia 發音簡化而來的結晶。舉 fille（女孩）的例子來說，拉丁文為 filia，在發音簡化的過程中第二個 i 漸漸發成半母音 [j]，後來進入法文成為 fille，19 世紀前還是唸成 [filj]，到了 20 世紀發音再次被簡化，最後成了今天的 [fij]。

- **Chercher une aiguille dans une botte de foin.** 諺語
  [ʃɛʁ.ʃe.y.n-ɛ.gɥij.dɑ̃.z‿yn.bɔt.də.fwɛ̃]
  大海撈針。（在乾草堆裡找一支針）

聆聽發音

連音
練習

Un vieil͜ homme

[ɛ̃.vjɛ.j͜ ɔm]

一個老男人

Marseille est͜ une belle ville.

[maʁ.sɛ.j-ɛ.t͜ yn.bɛl.vil]

馬賽是座漂亮的城市。

Il faut que je m'en͜ aille.

[il.fo.kə.ʒə.mɑ̃.n͜ aj]

我必須離開了。

On voyage en juillet.

[ɔ̃.vwa.jaʒ.ɑ̃.ʒɥi.jɛ]

我們在七月旅行。

Des͜ abeilles volent.

[de.z͜ a.bɛj.vɔl]

一些蜜蜂在飛。

◆ **Quel merveille !** 美極了！精采絕倫！

[kɛl.mɛʁ.vɛj]

◆ **Bon voyage !** 旅途愉快！

[bɔ̃.vwa.jaʒ]

◆ **C'est génial !** 棒極了！

[sɛ.ʒe.njal]

◆ **C'est pareil.** 一樣。

[sɛ.pa.ʁɛj]

◆ **A：Vous faites quelle taille ?**

[vu.fɛt.kɛl.taj]

您穿什麼尺寸的衣服？

B：Je fais du trente-six.

[ʒə.fɛ.dy.tʁɑ̃t.sis]

我穿 36 號。

聆聽發音

聽聽看

說說看

[w]

- **類似讀音：**注音符號ㄨ，與 [u] 一樣讀音，但是音短
- **發音技巧：**嘴巴微張，嘴型成小圓狀

Bon week-end !
週末愉快！

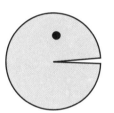

常見單字

寫法: ou + 母音	
oui	jouer
[wi]	[ʒwe]
是的	玩

louer	souhaiter
[lwe]	[swe.te]
承租	祝福、希望

寫法: oi

moi	loin
[mwa]	[lwɛ̃]
我	遠的

froid	trois
[fʁwa]	[tʁwa]
冷的	三

voiture	poisson
[vwa.tyʁ]	[pwa.sɔ̃]
車子	魚

寫法: oy

loyer	croyant
[lwa.je]	[kʁwa.jɑ̃]
租金	信徒

聆聽發音

voyage	envoyer
[vwa.jaʒ]	[ɑ̃.vwa.je]
旅程	寄送

nettoyer
[ne.twa.je]
打掃

寫法: W

web	kiwi
[wɛb]	[ki.wi]
網路	奇異果

week-end
[wi.kɛnd]
週末

- Oi [wa] 是法國大革命的最佳見證！

現存法文中 oi 的寫法和發音，可以說是見證歷史改朝換代的最佳發音典範。Oi 早期在拉丁文中原為 e，晚期進入高盧地區成了 ei，直到 12 世紀才出現「oi」的寫法，但發音則還不是 [wa]。必須等到 15 世紀末在巴黎老百姓口中，才會聽到 oi 唸成 [wa]，自此之後這個讀音漸漸普及全法國。法國大革命前，oi 在平民階級口中為 [wa]，但是皇室與貴族階級還是維持唸古法文的音 [wé]，直到法國大革命推翻王權，權力歸還平民百姓，[wa] 也正式成為主流！

| 諺語 |

- **Vouloir, c'est pouvoir.**

[vu.lwaʁ, sɛ.pu.vwaʁ]

有志者事竟成。（有意願就能做）

聆聽發音

Les mois de l'année

[le.mwa.də.la.ne]

一年中的月份

Au moins trois‿heures avant

[o.mwɛ̃.tʀwa.z‿œʀ.a.vɑ̃]

至少三小時前

Trois croissants, s'il vous plait.

[tʀwa.kʀwa.sɑ̃, sil.vu.plɛ]

三個可頌，麻煩您。

On se tutoie ?

[ɔ̃.sə.ty.twa]

我們以你相稱？

Je croise les doigts pour toi.

[ʒə.kʀwaz.le.dwa.puʀ.twa]

我為你祈禱。

◆ **Bonsoir !** 晚上好！
[bɔ̃.swaʁ]

◆ **Voilà.** 就這樣了。
[vwa.la]

◆ **À ce soir.** 今晚見。
[a.sə.swaʁ]

◆ **À louer.** 待租。
[a.lwe]

◆ **Bon week-end !** 週末愉快！
[bɔ̃.wi.kɛnd]

◆ **Pourquoi ?** 為什麼？
[puʁ.kwa]

◆ **Pourquoi pas !** 為何不呢！好啊！
[puʁ.kwa.pa]

聆聽發音

聽聽看

[ɥ]

Bonne nuit !
晚安！

說說看

- **類似讀音：**注音符號ㄩ，讀音同 [y]，但是音短
- **發音技巧：**嘴巴微張，嘟嘴成小圓形，類似親嘴的嘴形

常見單字

寫法：ɥ + 母音	
huit	**lui**
[ɥit]	[lɥi]
八	他

nuit [nɥi] 深夜	**cuit** [kɥi] 熟的
pluie [plɥi] 雨	**fruit** [fʁɥi] 水果
cuisine [kɥi.zin] 廚房、料理	**suivre** [sɥivʁ] 跟隨
nuage [nɥaʒ] 雲	**luxueux** [lyk.sɥø] 奢華的

聆聽發音

你知道嗎？

- 是半母音（semi-voyelles）也是半子音（semi-consonnes）！
  所謂的半母音其實就是具子音性質的母音。什麼意思？意指
  可以用母音的發音方式，但是將長度發得如子音一般，短
  而有力。例如：半母音 [j] 的音與發音方式接近 [i]、[ɥ] 接近
  [y]、[w] 接近 [u]。

  然而，因為不是完全母音，因為音長不足而歸類於子音，因
  此無法自成一個音節，具備子音的特性，所以又稱半子音，
  簡直是十足的雙面人！

  發音時，當半母音和全母音在一起時，記得強調全母音的音
  長，否則容易會錯意。例如：裸身 nu [ny] 與深夜 nuit [nɥi]。

■ **La nuit tous les chat sont gris.**　　　　**諺語**
[la.nɥi.tu.le.ʃa.sɔ̃.gʁi]
情勢不明，眉目不清。（夜裡所有的貓都是灰色的）

Cru ou cuit ?

[kʁy.u.kʁɥi]

生的還是熟的？

Les‿huitres sont délicieuses.

[le.z‿ɥitʁ.sɔ̃.de.li.sjøz]

生蠔很美味。

Je suis‿étudiant.

[ʒə.sɥi.z‿e.ty.djɑ̃]

我是學生。

Il a dix-‿huit‿ans.

[i.l-a.di.z‿ɥi.t‿ɑ̃]

他十八歲。

Il dors nu la nuit.

[il.dɔʁ.ny.la.nɥi]

他夜晚裸身睡覺。

聆聽發音

◆ **Et puis ?**　然後呢？

[e.pɥi]

◆ **Depuis toujours.**　一直以來。

[də.pɥi.tu.ʒuʁ]

◆ **Suivez-moi, s'il vous plait.**

[sɥi.ve.mwa, sil.vu.plɛ]

請您跟我來。

◆ **Bien cuit**　全熟

[bjɛ̃.kɥi]

◆ **Tout de suite.**　馬上。

[tu.də.sɥit]

◆ **Bonne nuit !**　晚安！

[bɔn.nɥi]

➡ 睡前才會說，不要與 bonne soirée ——祝有個美好的夜晚——搞混了。

◆ **Je suis désolé.**　我很抱歉。

[ʒə.sɥi.de.zo.le]

NOTE

子音篇 17 音

Les consonnes

- 爆破氣音 6 音
- 連續氣音 8 音
- 鼻腔子音 3 音

[p]

- **類似讀音**：注音符號ㄆ，英文子音 [p]
- **發音技巧**：將此音從緊閉雙唇突然爆出，喉嚨無震動，音短

Pourquoi？　為什麼？

常見單字

寫法: p	
peu [pø] 少	**portable** [pɔʁ.tabl] 手機

聆聽發音

papa	père
[pa.pa]	[pɛʁ]
爸爸	父親
pain	pratique
[pɛ̃]	[pʁa.tik]
麵包	實用的、方便的
plus	passeport
[plys]	[pas.pɔʁ]
更多的	護照

寫法：pp

enveloppe	apprendre
[ɑ̃.ve.lɔp]	[a.pʁɑ̃dʁ]
信封	學習

- Plus [ply] 還是 plus [plys]？

不論是否為法文初學者，都會有這個疑問：什麼時候 plus 要發「s」？什麼時候不用發「s」？究竟有什麼不同呢？簡單來說，當 plus 有「更多」的意思時，就必須發出「s」。當 plus 指「不」的意思時（不再、不要、不想……），就不能發「s」。例如：

- **J'en veux plus.**　　[ʒɑ̃.vø.plys]　我還要再多一點。
- **J'en veux plus.**　　[ʒɑ̃.vø.ply]　我不要了。

➡ 原本的句子：Je n'en veux plus.

其實法文中有「不」否定意思的 plus，原本應該與 ne 配合，然而在口語中 ne 時常被省略，因而也造成法文學習者的困擾。想要了解句子的意思，耳朵真的必須張大點！

Pas vu, pas pris.　　　　　　　　　　　**諺語**
[pa.vy.pa.pʁi]
沒有實證，清白無罪。（沒被看見就不會被抓到）

聆聽發音

Il pleut.

[il.plø]

下雨了。

Il pleut un peu.

[il.plø.ɛ̃.pø]

下一點點的雨。

Tu peux parler avec papa ?

[ty.pø.paʁ.le.a.vɛk.pa.pa]

你可以跟爸爸説話嗎？

Ce petit lapin mange du pain.

[sə.pə.ti.la.pɛ̃.mɑ̃ʒ.dy.pɛ̃]

這隻兔子吃麵包。

Un beau pain et un bon bain.

[ɛ̃.bo.pɛ̃.e.ɛ̃.bɔ̃.bɛ̃]

一個漂亮的麵包和一個舒服的泡澡。

◆ **Pourquoi ?** 為什麼？
[puʁ.kwa]

◆ **Parce que…** 因為……
[paʁs.kə]

◆ **Peut-être** 有可能
[pø.tɛtʁ]

◆ **C'est parfait !** 太好了！完美！
[sɛ.paʁ.fɛ]

◆ **C'est parti.** 開跑了。
[sɛ.paʁ.ti]

◆ **C'est de la part de qui ?**
[sɛ.də.la.paʁ.də.ki] 誰找呢？（電話中）

聆聽發音

聽聽看

[b]

說說看

- **類似讀音**：注音符號ㄅ，英文子音 [b]
- **發音技巧**：將此音從緊閉雙唇突然爆出，喉嚨震動，音短

Bon_anniversaire！　生日快樂！

常見單字

寫法: b	
bébé	**bus**
[be.be]	[bys]
寶貝	公車

robe [ʁɔb] 洋裝	beurre [bœʁ] 奶油
banane [ba.nan] 香蕉	bifteck [bif.tɛk] 牛排
beaucoup [bo.ku] 多	inoubliable [i.nu.bli.jabl] 忘不了的

寫法: bb

abbé [a.be] 修道院長	abbaye [a.be.i] 修道院

聆聽發音

你知道嗎？

- 香蕉不平凡！ Banane n'est pas banale !

  法文的香蕉和英文的香蕉發音接近，雖然簡單但是很多人卻因而掉入相似字的陷阱，把字尾唸成英文的 banana ！或是忽略了字尾「n」，直接讓舌頭自由發揮，跑到「l」的位置造成誤解，因為法文的 banal [ba.nal] 是指平凡、普通的意思。

■ **Les bons comptes font les bons‿amis.** 諺語

[le.bɔ̃.kɔ̃t.fɔ̃.le.bɔ̃.z‿a.mi]

親兄弟明算帳。

Il est beau.	Elle est belle.
[i.l-ɛ.bo]	[ɛ.l-ɛ.bɛl]
他很帥。	她很美。

C'est beau et c'est bon.

[sɛ.bo.e.sɛ.bɔ̃]

好看又好吃。

Ce beau bébé bave beaucoup.

[sə.bo.be.be.bav.bo.ku]

這小寶寶流很多口水。

Qui a bougé la bougie ?

[ki.a.bu.ʒe.la.bu.ʒi]

誰動了那根蠟燭？

聆聽發音

常用
例句

◆ **Bonnes vacances !** 假期愉快！

[bɔn.va.kɑ̃s]

◆ **Bon‿anniversaire !** 生日快樂！

[bɔ.n‿a.ni.vɛʁ.sɛʁ]

◆ **Que c'est bon !** 好吃極了！

[kə.sɛ.bɔ̃]

◆ **C'est bon ?**

[sɛ.bɔ̃]

好了嗎？可以嗎？好吃嗎？（不同情境意思會有所不同）

◆ **Bravo !** 厲害！棒極了！

[bʁa.vo]

◆ **C'est bien !** 很好！

[sɛ.bjɛ̃]

◆ **On bouge ?** 我們要不要走了？

[ɔ̃.buʒ]

[t]

- **類似讀音**：注音符號ㄊ，英文子音 [t]
- **發音技巧**：將此音從緊閉雙唇突然爆出，舌尖輕觸上排牙齒後方，喉嚨無震動，音短

Attention！　小心！

常見單字

寫法：t	
tu [ty] 你（主詞）	tout [tu] 所有

聆聽發音

table	temps
[tabl]	[tɑ̃]
桌子	時間、天氣

la poste	but
[la.pɔst]	[byt]
郵局	目的

huit	travail
[ɥit]	[tʁa.vaj]
八	工作

寫法: tt

attendre	attaque
[a.tɑ̃dʁ]	[a.tak]
等待	攻擊

寫法: th

thé	théâtre
[te]	[te.atʁ]
茶	劇院

- Temps 是哪個 temps？

初學法文絕對都看過 temps 這個字，查查法漢字典一定都會看到是「時間」的意思，但是「時間」並不是 temps 唯一的意思。在法文口語中，temps 也指「天氣」，衍生出生活中常聽到的句子：Quel temps fait-il？（天氣如何？）而不是問時間或是幾點。Quelle heure est-il？（現在幾點了？）才是問時間，千萬別搞混了！

謀語

■ **Il faut donner du temps au temps.**

[il.fo.dɔ.ne.dy.tɑ̃.o.tɑ̃]

水到渠成。（時機到了就會成事）

聆聽發音

連音練習

Je t'attends.

[ʒə.ta.tã]

我等你。

Tu m'entends ?

[ty.mã.tã]

你聽得到我嗎？

C'est‿une petite fille.

[sɛ.t‿yn.pə.ti.fij]

是個小女孩。

Mon tonton a du temps.

[mɔ̃.tɔ̃.tɔ̃.a.dy.tã]

你舅舅有時間。

Ton doudou est tout doux.

[tɔ̃.du.du.ɛ.tu.du]

你的小玩偶很柔順、很好摸。

◆ **À table !** 上桌準備吃飯了！
[a.tabl]

◆ **À l'attaque !** 動手！
[a.la.tak]

◆ **Attention !** 小心！
[a.tɑ̃.sjɔ̃]

◆ **Tout de suite.** 馬上。
[tu.də.sɥit]

◆ **Tout‿à coup.** 突然間。
[tu.t‿a.ku]

◆ **De temps‿en temps.** 有時候。
[də.tɑ̃.z‿ɑ̃.tɑ̃]

◆ **Quel temps fait‿-il ?** 天氣如何？
[kɛl.tɑ̃.fɛ.t‿il]

聆聽發音

聽聽看

說說看

[d]

- **類似讀音：** 注音符號ㄉ，英文子音 [d]
- **發音技巧：** 將此音從緊閉雙唇突然爆出，舌尖輕觸上排牙齒後方，喉嚨震動，音短

Ça dépend.　看情況，不一定。

常見單字

寫法: d	
dix	dernier
[dis]	[dɛʁ.nje]
十	最後、上一個

dodo [do.do] 睡覺	**dîner** [di.ne] 晚餐
dommage [dɔ.maʒ] 可惜	**désirer** [de.zi.ʁe] 想要
étudier [e.ty.dje] 讀書	**demander** [də.mɑ̃.de] 要求

寫法：dd

addition [a.di.sjɔ̃] 消費帳單	**caddie** [ka.di] 購物推車

聆聽發音

你知道嗎？

- Dernier 不總是「最後」的！

如果稍微注意會發現法文的 dernier 竟然可以放在名詞的前面和後面，而且意思大不同！

的確，法文絕大部分的形容詞都放在名詞後面，但是也有少數短音節的形容詞必須放在名詞前面（例如：petit、vieux、bon、grand），其中有些形容詞也可以放在名詞前面或後面，然而意思卻不同，dernier 就是常見的例子之一。

Dernier 放在名詞前面有「最後」的意思；然而，放在名詞後面則表示「上一個」。例如：

- **C'est le dernier mois.**　是最後一個月。
- **C'est le mois dernier.**　是上個月。

- **Un de perdu, dix de retrouvés.**　　**諺語**

[ɛ̃.də.pɛʀ.dy, dis.də.ʀə.tʀu.ve]

塞翁失馬，焉知非福。（失去一個，找回十個）

C'est‿un grand‿acteur.

[sɛ.t‿ɛ̃.gʁɑ̃.t‿ak.tœʁ]

是位非常傑出的男演員。

C'est‿une grande actrice.

[sɛ.t‿ɛ̃.gʁɑ̃.d-ak.tœʁ]

是位非常傑出的女演員。

Il a décidé d'arrêter les‿études.

[i.l-a.de.si.de.da.ʁɛ.te.le.z‿e.tyd]

他決定停止學業。

Tu dois lui donner quoi ?

[ty.dwa.lɥi.dɔ.ne.kwa]

你必須給他什麼？

Elle me demande de l'argent.

[ɛl.mə.də.mɑ̃.de.də.laʁ.ʒɑ̃]

她跟我要錢。

聆聽發音

◆ **Quel dommage !** 好可惜啊！

[kɛl.dɔ.maʒ]

◆ **Vous désirez ?** 您需要什麼呢？

[vu.de.zi.ʁe]

◆ **L'addition, s'il vous plaît.**

[la.di.sjɔ̃, sil.vu.plɛ]

麻煩您，買單。

◆ **Dépêche-toi !** 你動作快點！

[de.pɛʃ.twa]

◆ **Ça dépend.** 看情況，不一定。

[sa.de.pɑ̃]

◆ **Il y a du monde.** 人很多。

[i-lj-a.dy.mɔ̃d]

◆ **Fais dodo !** 睡覺覺！

[fɛ.do.do]

$$[\mathrm{k}]$$

- **類似讀音**：注音符號ㄎ，英文子音 [k]
- **發音技巧**：將此音從微張的雙唇中突然爆出，喉嚨無震動，音短

Coucou！　哈囉！

常見單字

寫法: c + a, o, u	
comme	**coucou**
[kɔm]	[ku.ku]
如同	哈囉

聆聽發音

casser	école
[ka.se]	[e.kɔl]
壞掉	學校

curieux
[ky.ʁjø]
奇怪、好奇的

寫法： C + 子音

crier	classe
[kʁi.je]	[klas]
大喊	班級、等級

sac	parc
[sak]	[paʁk]
包包	公園

寫法： cc

accueil	accord
[a.kœj]	[a.kɔʁ]
招待	和諧

寫法: k

kiwi

[ki.wi]

奇異果

kaki

[ka.ki]

柿子

寫法: ch

chœur

[kœʁ]

唱詩班

寫法: qu

banque

[bɑ̃k]

銀行

musique

[my.zik]

音樂

寫法: X + 子音

excellent

[ɛk.sɛ.lɑ̃]

傑出的

excuse

[ɛks.kyz]

藉口

聆聽發音

你知道嗎？

- 鑰匙是 clef 還是 clé ？兩種都對！

  話說 clef 是「鑰匙」古老的寫法，由於 clef 字尾的「f」不發音，到了現代就被簡寫成 clé，兩種寫法法蘭西學院（L'Académie française）都承認。複數寫法當然也可以寫成 clefs 或 clés，只是 clés 比較常見。

■ **Chacun porte sa croix.** 諺語

[ʃa.kɛ̃.pɔʁ.sa.kʁwa]

每個人各有各的難處。（每個人都有自己的十字架）

C'est un sac à main.

[sɛ.t‿ɛ̃.sa.k‿a.mɛ̃]

這是一個手提包。

C'est curieux de crier aussi fort.

[sɛ.ky.ʁjø.də.kʁi.je.o.si.fɔʁ]

喊這麼大聲真是奇怪。

Je vais à l'école en scooter.

[ʒə.vɛ.a.le.kɔl.ɑ̃.sku.tœʁ]

我騎機車去上學。

C'est une classe extraordinaire.

[sɛ.t‿yn.klas.ɛks.tʁa.ɔʁ.di.nɛʁ]

這是超級特別的班級。

La musique ne manque pas.

[la.my.zik.nə.mɑ̃k.pa]

不缺音樂。

聆聽發音

◆ **Coucou !** 哈囉！（熟人之間的招呼語）

[ku.ku]

◆ **Excusez-moi.** 對不起，不好意思。

[ɛks.ky.ze.mwa]

◆ **D'accord.** 好的。

[da.kɔʁ]

◆ **La classe !** 真是好有品味！

[la.klas]

◆ **Tu me manques.** 我想你。

[ty.mə.mɑ̃k]

◆ **Elle vide son sac.** 她傾吐所有心聲。

[il.vid.sɔ̃.sak]

◆ **Ça passe ou ça casse.**

[sa.pas.u.sa.kas]

不成功便成仁。

[g]

- **類似讀音：**注音符號ㄍ，英文子音 [g]
- **發音技巧：**將此音從微張的雙唇中突然爆出，喉嚨震動，音短

En grève　罷工中

常見單字

寫法: g + a, o, ou	
gorge	**gâteau**
[gɔʁʒ]	[ga.to]
喉嚨	蛋糕

聆聽發音

garçon [gaʁ.sɔ̃] 男孩	**goutte** [gut] 滴
gagner [ga.ɲe] 賺取、贏取	

寫法: **g** + 子音

gris [gʁi] 灰色	**grand** [gʁɑ̃] 大的
grève [gʁɛv] 罷工	**glace** [glas] 冰淇淋
église [eg.liz] 教堂	

寫法: gu
guide [gid] 導遊	**guichet** [gi.ʃɛ] 櫃檯

寫法: X + 母音
examen [ɛg.za.mɛ̃] 考試	**exercice** [ɛg.zɛʁ.sis] 練習

你知道嗎？

- Grand 不只是「大」而已！

  法文中有些形容詞可以放在名詞的前面或後面，但是意思卻有天壤之別，grand 就是最常見的例子之一。當 grand 放在名詞前面有「偉大」的意思；然而，放在名詞後面就只表示形體的「大」。例如：

  - **C'est une grande dame.**　是位偉大的女士。
  - **C'est une dame grande.**　是位高大的女士。

  現在知道了吧！千萬不要表錯意或是會錯意了！

聆聽發音

Le garage est à côté de la gare.

[lə.ga.ʁaʒ.ɛ.t-a.ko.te.də.la.gaʁ]

修車廠在車站旁邊。

Le garçon est gourmand.

[lə.gaʁ.sɔ̃.ɛ.guʁ.mɑ̃]

那個男孩很會吃。

C'est fatigant, les‿examens.

[sɛ.fa.ti.gɑ̃, le.z‿ɛg.za.mɛ̃]

考試很累人。

Je le guide à quel guichet ?

[ʒə.lə.gid.a.kɛl.gi.ʃɛ]

我引導他到哪個櫃檯？

Ces‿exercices sont difficiles.

[se.z‿ɛg.zɛʁ.sis.sɔ̃.di.fi.sil]

這些練習很難。

■ **C'est la goutte d'eau qui fait déborder le vase.** 謗語
[sɛ.la.gut.do.ki.fɛ.de.bɔʁ.de.lə.vaz]
壓倒駱駝的最後一根稻草。
（讓花盆溢出來的那滴水）

◆ **Il fait gris.**
[Il.fɛ.gʁi]
天空陰陰的。

◆ **En grève** 罷工中
[ɑ̃.gʁɛv]

◆ **Ce n'est pas gagné.**
沒想像中的容易做到。
[sɛ.nɛ.pa.ga.ɲe]

◆ **Grâce à vous !** 多虧您！
[gʁas.à.vu]

◆ **Quelle blague !** 真好笑！
[kɛl.blag]

◆ **Je suis grillé !**
[ʒə.sɥi.gʁi.je]
我被抓包了！（事跡敗露後說的話）

聆聽發音

聽聽看

說說看

$$[f]$$

- **類似讀音：**注音符號ㄈ，英文子音 [f]
- **發音技巧：**下唇輕輕頂住上排牙齒，將氣從兩者間推出發出此音，喉嚨無震動，音短

C'est pour offrir ？　這是要送人的嗎 ？

常見單字

寫法: f	
café	neuf
[ka.fe]	[nœf]
咖啡	九

froid	faire
[fʁwa]	[fɛʁ]
冷	做

faim
[fɛ̃]
餓

寫法: ff

coiffeur	chiffre
[kwa.fœʁ]	[ʃifʁ]
理髮師	數字

offrir	affiche
[ɔf.ʁiʁ]	[a.fiʃ]
贈送	海報

difficile
[di.fi.sil]
困難的

聆聽發音

寫法: ph	
photo	pharmacie
[fo.to]	[faʁ.ma.si]
照片	藥局

你知道嗎？

● 會變聲的 [f]

原本發為 [f] 的音，如果遇到後面緊接著 an（年）和 heure（鐘點）時，需要進行連續音（enchaîment）的動作，此時 [f] 會變成喉嚨震動的 [v] 音，例如：

■ **neuf ans**　　[nœ.v-ɑ̃]　　九歲
■ **neuf heures**　[nœ.v-œʁ]　　九點鐘

但是如果 [f] 音之後緊接的是其他母音開頭的字，連續音時還是發 [f] 的音，如：

■ **neuf enfants**　[nœ.f-ɑ̃.fɑ̃]　　九個小孩

■ **C'est_en forgeant qu'on devient forgeron.** 　諺語
[sɛ.t‿ɑ̃.fɔʁ.ʒɑ̃.kɔ̃.də.vjɛ̃.fɔʁ.ʒə.ʁɔ̃]
熟能生巧。（從鑄鐵實作中學習成為鐵匠）

Mon fils a neuf ans.

[mɔ̃.fis.a.nœ.v-ɑ̃]

我的兒子九歲。

On se fait un café ?

[ɔ̃.sə.fɛ.ɛ̃.ka.fe]

我們給自己來一杯咖啡？

J'ai très faim et très soif.

[jɛ.tʁɛ.fɛ̃.e.tʁɛ.swaf]

我很餓又很渴。

Tu fais souvent du foot ?

[ty.fɛ.su.vɑ̃.dy.fut]

你常常踢足球嗎？

Ce devoir est très facile.

[sə.də.vwa.ʁ-ɛ.tʁɛ.fa.sil]

這個功課很簡單。

聆聽發音

◆ Sain et sauf　平安歸來

[sɛ̃.e.sof]

◆ Il fait un froid de canard.

[il.fɛ.ɛ̃.fʁwa.də.ka.naʁ]

天氣超冷的。

◆ C'est pour offrir ?　這是要送人的嗎？

[sɛ.puʁ.ɔf.ʁiʁ]

◆ Vous pourriez prendre des photos pour nous ?

[vu.pu.ʁi.je.pʁɑ̃dʁ.de.fo.to.puʁ.nu]

您可以幫我們拍照嗎？

◆ C'est de la folie !　真是瘋狂！

[sɛ.də.la.fɔ.li]

◆ C'est fou.　太誇張了。

[sɛ.fu]

- **類似讀音**：注音符號ㄈ，英文子音 [v]
- **發音技巧**：下唇輕輕頂住上排牙齒，將氣從兩者間推出發出此音，喉嚨震動，音短

Bravo！ 超棒！厲害！

常見單字

寫法：V	
vin	**vous**
[vɛ̃]	[vu]
酒	您們／您／你們

聆聽發音

ville	vélo
[vil]	[ve.lo]
城市	腳踏車

vieux	venir
[vjø]	[və.niʁ]
老的	來

voir	voiture
[vwaʁ]	[vwa.tyʁ]
看見	車子

voyage

[vwa.jaʒ]

旅行

寫法: W

wagon

[va.gɔ̃]

車廂

你知道嗎？

- Vous, vous, vous，非常 vous ！

  法文中的 vous 除了表示敬稱單數的「您」之外，也有複數敬稱的「您們」和熟稱複數的「你們」之意，因此當一句話以 vous 為主詞時必需判斷為敬稱還是熟稱，單數或是複數。

  一般而言，與陌生人、交情淺者、在上位者都是以 vous 相稱，熟稱單數的「tu」則用在交情不錯的朋友、家人與小孩。通常一開始兩人交往都會以 vous 相稱，過了一段時間就會以 tu 相稱，要從 vous 轉變成 tu 時會聽到對方詢問：「On se tutoie？」（我們用 tu 相稱，好嗎？）

諧語

■ **À bon jour, bonne œuvre.**

[a.bɔ̃.ʒuʁ, bɔ.n-œvʁ]

好日做好事。

聆聽發音

Je vois le wagon vert.

[ʒə.vwa.lə.va.gɔ̃.vɛʁ]

我看見那個綠色的車廂。

Vous voyez ce qu'il voit ?

[vu.vwa.je.sə.kil.vwa]

您看得到他看見的東西嗎？

Vous voyagez en voiture ?

[vu.vwa.ja.ʒe.ɑ̃.vwa.tyʁ]

您們開車旅行嗎？

Elle visite la ville à vélo.

[ɛl.vi.zit.la.vil.a.ve.lo]

她騎腳踏車參觀城市。

Il y a vingt bouteilles de vin.

[i.l-j-a.vɛ̃.bu.tɛj.də.vɛ̃]

有二十瓶酒。

◆ **Bon voyage !** 路途愉快！

[bɔ̃.vwa.jaʒ]

◆ **Bravo !** 超棒！厲害！

[bʁa.vo]

◆ **Qu'est-ce que vous vouliez ?**

[kɛsk.vu.vu.lje]

您想要什麼呢？

◆ **Je voudrais un café crème.**

[ʒə.vu.dʁɛ.ɛ̃.ka.fe.kʁɛm]

我想要一杯拿鐵咖啡。

◆ **Vous venez d'où ?** 您從哪裡來？

[vu.və.ne.du]

◆ **Tu vois ?** 你看到嗎？你懂嗎？

[ty.vwa]

◆ **On verra.** 我們再看看。

[ɔ̃.vɛ.ʁa]

聆聽發音

聽聽看

說說看

[s]

- **類似讀音：**注音符號ㄙ，英文子音 [s]
- **發音技巧：**嘴巴微張，嘴型固定不動發出 s 音，喉嚨無震動

Comment ça s'est passé ?

事情進行得如何？

常見單字

寫法: S	
soir [swaʀ] 晚上	simple [sɛ̃pl] 簡單的

personne

[pɛʁ.sɔn]

人

寫法: SS

suisse

[sɥis]

瑞士

poisson

[pwa.sɔ̃]

魚

chaussure

[ʃo.syʁ]

鞋子

寫法: c + e, i, y

glace

[glas]

冰淇淋

ici

[i.si]

這裡

cycliste

[si.klist]

自行車手

聆聽發音

寫法: sc

scène
[sɛn]

場景

science
[sjɑ̃s]

科學

scientifique
[sjɑ̃.ti.fik]

科學家

寫法: ç

ça
[sa]

這個

reçu
[ʁə.sy]

收到
（recevoir 的過去分詞）

glaçon
[gla.sɔ̃]

冰塊

寫法: -x	
## six [sis] 六	## dix [dis] 十
## soixante [swa.sɑ̃t] 六十	

寫法: -t + i	
## attention [a.tɑ̃.sjɔ̃] 小心	## émotion [e.mo.sjɔ̃] 情緒
## patient [pa.sjɑ̃] 耐心的、病人	

聆聽發音

你知道嗎？

- 小心！究竟是吃 poisson 還是吃 poison ？

別小看一個 s 的差別，在法文中不僅改變發音，意思更是有天壤之別。poisson [pwa.sɔ̃] 是「魚」的意思，而 poison [pwa.zɔ̃] 則指「毒藥」。

此外，這兩個詞都是陽性，也正因為如此，發音時更是需要注意。舉例來說，在餐廳點餐時，如果把本來想點的魚說成毒藥，就很尷尬。例如「我想點魚」應該說成：

- **Je voudrais du poisson.**　[ʒə.vu.dʁɛ.dy.pwa.sɔ̃]

切記！是 poisson [pwa.sɔ̃]，而不是 poison [pwa.zɔ̃] 喔！

- **Qui se ressemble s'assemble.**　　　　　謎語

[ki.sə.ʁə.sãbl.sa.sãbl]

物以類聚。

Cent soixante-six personnes

[sɑ̃.swa.sɑ̃t.sis.pɛʁ.sɔn]

一百六十六人

Ça s'est bien passé ?

[sa.sɛ.bjɛ̃.pa.sé]

事情進行得順利嗎？

On parle aussi le français en Suisse.

[ɔ̃.paʁl.o.si.lə.fʁɑ̃.sɛ.ɑ̃.sɥis]

在瑞士也説法文。

Les chiens ont des chaussures.

[le.ʃjɛ̃.ɔ̃.de.ʃo.syʁ]

這些小狗有鞋子。

Les choses s'arrangent.

[le.ʃoz.sa.ʁɑ̃ʒ]

事情正往好的方向進行。

聆聽發音

常用例句

◆ Attention ! 小心！

[a.tɑ̃.sjɔ̃]

◆ Bonsoir. 晚上好。

[bɔ̃.swaʁ]

◆ Ça va ? 你好嗎？

[sa.va]

◆ Comment ça s'est passé ?

[kɔ.mɑ̃.sa.sɛ.pa.se]

事情進行得如何？

◆ Ça a été. 進行得不錯。

[sa.a.e.te]

◆ C'est pour combien de personnes ? 幾位呢？

[sɛ.puʁ.kɔ̃.bjɛ̃.də.pɛʁ.sɔn]

◆ C'est‿insensé. 真是荒唐。

[sɛ.t‿ɛ̃.sɑ̃.se]

[z]

- **類似讀音：** 注音符號ㄗ，英文子音 [z]
- **發音技巧：** 嘴巴微張，嘴型固定不動發出 z 音，喉嚨震動

Excusez-moi！
對不起，不好意思！

常見單字

寫法：Z	
zoo [zo] 動物園	**zone** [zɔn] 區域

聆聽發音

magazine

[ma.ga.zin]

雜誌

子音篇17音

爆破氣音6音

連續氣音8音

鼻腔子音3音

寫法：母音 + S + 母音

désert

[de.zɛʀ]

沙漠

poison

[pwa.zɔ̃]

毒藥

musique

[my.zik]

音樂

magasin

[ma.ga.zɛ̃]

商店

寫法：S, X, Z 的連音

ils‿ont

[il.z‿ɔ̃]

他們有

dix‿heures

[di.z‿œʀ]

十點鐘

chez‿elle

[ʃe.z‿ɛl]

在她家

● 好玩的 zozo

在法文中有 z 的字其實不多，但是用法卻都很有趣，例如 zozo [zozo] 是指一個蠢蠢天真的男生，所以會聽到法國人說：c'est un zozo（那是個蠢蛋）。另外，形容路徑蜿蜒的 zigzag [zig.zag] 也很常見，通常形容行走時彎來彎去的狀態。

■ **Au besoin on connaît les‿amis.** 諺語

[o.bə.zwɛ̃.ɔ̃.kɔ.nɛ.le.z‿a.mi]

患難見真情。（需要時就知道誰是真朋友）

聆聽發音

Il est dix heures.

[i.l-ɛ.di.z‿œʁ]

現在十點鐘。

Elles ont deux sœurs.

[ɛl.z‿ɔ̃.dø.sœʁ]

她們有兩個姐妹。

Pas de desserts dans le désert.

[pa.də.de.sɛʁ.dɑ̃.lə.de.zɛʁ]

沙漠裡沒有甜點。

C'est le coussin de mon cousin.

[sɛ.lə.ku.sɛ̃.də.mɔ̃.ku.zɛ̃]

這是我表哥的抱枕。

Nous aimons le jazz.

[nu.z‿ɛ.mɔ̃.lə.ʒaz]

我們喜歡爵士樂。

◆ **Excusez-moi !** 對不起，不好意思！
[ɛks.ky.ze.mwa]

◆ **C'est zen.** 很沉靜、很有禪意。
[sɛ.zɛn]

◆ **N'hésitez-pas.** 別猶豫。
[ne.zi.te.pa]

◆ **Joyeux‿anniversaire.**
[ʒwa.jø.z‿a.ni.vɛʁ.sɛʁ]
生日快樂。

◆ **Amusez-vous bien !** 你們盡情玩樂吧！
[a.my.ze.vu.bjɛ̃]

◆ **Avec plaisir.** 榮幸之至。
[a.vɛk.plɛ.ziʁ]

◆ **De A à Z** 從頭到尾
[də.a.a.zɛd]

聆聽發音

聽聽看

說說看

- **類似讀音：**與中文「噓」的音相近，英文 [ʃ]
- **發音技巧：**嘴形微圓，微微用力固定嘴形，發出類似「噓」的音，喉嚨無震動，音短

Chapeau！ 厲害！佩服！

常見單字

寫法：ch	
chat [ʃa] 貓	**chien** [ʃjɛ̃] 狗

vache [vaʃ] 母牛	**chose** [ʃoz] 東西
chercher [ʃɛʁ.ʃe] 尋找	**acheter** [a.ʃə.te] 購買
chanson [ʃɑ̃.sɔ̃] 歌曲	**dimanche** [di.mɑ̃ʃ] 星期天

寫法: sh

sushi

[sy.ʃi]

壽司

寫法: sch

schéma

[ʃe.ma]

簡圖

聆聽發音

你知道嗎？

- 為什麼 archéologie、chaos 和 orchestre 的 ch 發 [k]？

  雖然 ch 一般來說唸成 [ʃ]，但是法文中也有一些字的 ch 發成 [k]，乍看之下似乎沒有什麼規則，然而追根究底，就會發現 [k] 的音其實來自於字源為希臘文的字。

  在希臘原文中為 x 的字，音發成 [k]，因此法文也沿用了 [k] 的音。至於字源為拉丁文的字，法文中的 ch 則是發成 [ʃ] 的音。如果想要知道哪些字的 ch 發 [k] 或是 [ʃ]，就只能去查查它們的祖先了。

- **C'est l'hôpital qui se moque de la charité.**　　諺語

  [sɛ.lo.pi.tal.ki.sə.mɔk.də.la.ʃa.ʁi.te]

  五十步笑百步，半斤八兩。（醫院嘲笑慈善機構）

Ils sont chez moi.

[il.sɔ̃.ʃe.mwa]

他們在我家。

Pas de souci pour manger des sushis.

[pa.də.su.si.puʁ.mɑ̃.ʒe.de.sy.ʃi]

吃壽司沒問題。

Chacun cherche son chat.

[ʃa.kɛ̃.ʃeʁʃ.sɔ̃.ʃa]

各自尋找自己的貓。

C'est chiant de répéter toujours la même chose.

[sɛ.ʃjɑ̃.də.ʁe.pe.te.tu.ʒuʁ.la.mɛm.ʃoz]

一直重複一樣的東西真的煩死人了。

Les chasseurs chassent avec leurs chiens de chasse.

[le.ʃa.sœʁ.ʃas.a.vɛk.lœʁ.ʃjɛ̃.də.ʃas]

獵人們與他們的獵狗一起打獵。

聆聽發音

◆ **常用例句**

◆ **Chouchou** 心肝寶貝
[ʃu.ʃu]

◆ **Mon chéri** 親愛的（男生）
[mɔ̃.ʃe.ʁi]

◆ **Ma chérie** 親愛的（女生）
[ma.ʃe.ʁi]

◆ **Chapeau !** 厲害！佩服！
[ʃa.po]

◆ **C'est cher.** 很貴。
[sɛ.ʃɛʁ]

◆ **C'est toujours la même chose.**
[sɛ.tu.ʒuʁ.la.mɛm.ʃoz]
總是千篇一律。

◆ **Elle a du charme.** 有魅力。
[ɛ.l-a.dy.ʃaʁm]

$$[3]$$

- **類似讀音**：相近於中文「句」的音，英文 [3]
- **發音技巧**：嘴形微圓，微微用力固定嘴形，發出類似「句」的音，喉嚨震動，音短

Bon courage！　加油，繼續努力！

常見單字

寫法：j	
je	jeu
[3ə]	[3ø]
我	遊戲

聆聽發音

joli	jeune
[ʒɔ.li]	[ʒœn]
漂亮	年輕的

jardin
[ʒaʁ.dɛ̃]
花園

寫法: g + e, i, y

âge	plage
[aʒ]	[plaʒ]
年紀	海灘

gym	région
[ʒim]	[re.ʒjɔ̃]
健身房	地區

intelligent
[ɛ̃.tɛ.li.ʒɑ̃]
聰明的

寫法: ge + a, o

exigeant [ɛg.zi.ʒɑ̃] 要求高的	**changeant** [ʃɑ̃.ʒɑ̃] 善變的
mangeons [mɑ̃.ʒɔ̃] 我們吃吧	**changeons** [ʃɑ̃.ʒɔ̃] 我們改變吧
géographie [ʒe.o.gʁa.fi] 地理	

你知道嗎？

- G 唸 [g] 還是 [ʒ]，傻傻分不清？

  字母 g 在法文中有 [g] 和 [ʒ] 兩種發音，何時該發什麼音，其實只要掌握以下的重點就可以：當 g 緊接著 e 或 i 時，發成 [ʒ] 的音，其他時候都是發 [g] 的音。

  除了字母 g 有兩種讀音之外，字母 c 也有異曲同工之妙，當 c 緊接著 e 或 i 時讀 [s]，其他時候都是唸成 [k]。

■ **Le sort en_est jeté.**　　　　　　　　　　諺語

[lə.sɔʁ.ɑ̃.n_ɛ.ʒə.te]

大勢已定，聽天由命。

On mange bien en France.

[ɔ̃.mɑ̃ʒ.bjɛ̃.ɑ̃.fʀɑ̃s]

法國吃得很好。

Ils jouent aux cartes.

[Il.ʒu.o.kaʀt]

他們玩紙牌遊戲。

C'est͜ une très jolie plage.

[sɛ.t͜ yn.tʀɛ.ʒɔ.li.plaʒ]

這是一個很漂亮的海灘。

C'est͜ un jeune garçon intelligent.

[sɛ.t͜ ɛ̃.ʒœn.gaʀ.sɔ̃.ɛ̃.tɛ.li.ʒɑ̃]

那是一位聰明的男孩子。

Elle est très͜ exigeante.

[ɛ.l-ɛ.tʀɛ.z͜ ɛg.zi.ʒɑ̃t]

她要求很高。

◆ **Justement.** 沒錯。正是如此。

[ʒyst.mɑ̃]

◆ **Quel beau mariage !**

[kɛl.bo.ma.ʁjaʒ]

好美的婚禮啊！

◆ **Quel âge as-tu ?** 你幾歲？

[kɛ.l-aʒ.a.ty]

◆ **C'est gentil.** 人真好。

[sɛ.ʒɑ̃.ti]

◆ **Ce n'est pas mon genre.**

[sə.nɛ.pa.mɔ̃.ʒɑ̃ʁ]

這不是我的行事風格。

◆ **Je te jure !** 我向你發誓！

[ʒə.tə.ʒyʁ]

◆ **Bon courage !** 加油，繼續努力！

[bɔ̃.ku.ʁaʒ]

[ʁ]

- **類似讀音：**注音符號ㄏ，類似漱口時發出的聲音
- **發音技巧：**嘴巴自然微張發出此音，並且必須感受到喉嚨的震動

Alors？　結果呢？怎麼樣了？

常見單字

寫法：r	
riz	rire
[ʁi]	[ʁiʁ]
米飯	笑

聆聽發音

cœur	fleur
[kœʁ]	[flœʁ]
心	花

garage
[ɡa.ʁaʒ]
車庫

寫法: r

terre	verre
[tɛʁ]	[vɛʁ]
地	玻璃杯

guerre	arriver
[ɡɛʁ]	[aʁi.ve]
戰爭	抵達

erreur
[e.ʁœʁ]
錯誤

寫法: rh	
rhume [ʁym] 感冒	**rhum** [ʁɔm] 蘭姆酒

你知道嗎？

- 法文的 r 特立獨行！

  話說，與法文同樣都是拉丁語系的西班牙文和義大利文，這兩個語言中的 r 都是彈舌的 r，但是法文中的 r 卻不是如此，為什麼？

  其實，古法文中承續了拉丁文中的彈舌 r 直至 17 世紀晚期。當時皇室所說的法文，因為受到德文 r 的影響，發音軟化了許多，失去了彈舌的音，漸漸地普及化之後，就成為今日法文 r 的發音。

■ **À la guerre comme à la guerre.** 諺語

[a.la.gɛʁ.kɔm.a.la.gɛʁ]

在資源短缺的情況下，盡力而為。

聆聽發音

Elle est‿enhumée.

[ɛ.l-ɛ.t‿ɑ̃.ʁy.me]

她感冒了。

Ils sont‿arrivés hier soir.

[il.sɔ̃.t‿a.ʁi.ve.jɛʁ.swaʁ]

他們昨天晚上抵達了。

Je voudrais un verre de rhum.

[ʒə.vu.dʁɛ.ɛ̃.vɛʁ.də.ʁɔm]

我想要一杯蘭姆酒。

On‿a trois voitures au garage.

[ɔ̃.n‿a.tʁwa.vwa.tyʁ.o.ga.ʁaʒ]

我們有三輛車在車庫。

Tu veux boire un verre avec moi ?

[ty.vø.bwaʁ.ɛ̃.vɛʁ.a.vɛk.mwa]

你想和我喝一杯嗎？

◆ **Alors ?** 結果呢？怎麼樣了？
[a.lɔʁ]

◆ **C'est la guerre.**
開戰了！（通常指兩人關係惡劣的狀態）
[sɛ.la.gɛʁ]

◆ **Tu vas rire.** 你會笑出來。
[ty.va.ʁiʁ]

◆ **J'en‿ai marre.** 我到了。
[ʒɑ̃.n‿ɛ.maʁ]

◆ **J'en‿ai ras-le-bol.** 我受夠了。
[ʒɑ̃.n‿ɛ.ʁa.lə.bɔl]

◆ **Si je me rappelle bien.**
[si.ʒə.mə.ʁa.pɛl.bjɛ̃]
如果我記得沒錯的話。

 聆聽發音

[1]

- **類似讀音：**注音符號ㄌ
- **發音技巧：**舌尖碰觸到上顎，發音時舌頭由上往下，喉嚨感受到震動

Oh la vache !
天啦！真不可思議！

常見單字

寫法: l	
il	alors
[il]	[a.lɔʁ]
他	就、所以

parler	joli
[paʁ.le]	[ʒɔ.li]
說話	漂亮

laver
[la.ve]
清洗

寫法: ll

elle	aller
[ɛl]	[a.le]
她	去、過得

ville	pull
[vil]	[pyl]
城市	毛衣

colle
[kɔl]
膠

聆聽發音

你知道嗎？

- 當形容詞的 u 變 l 時

  秉持著法語美麗的發音原則，法文中有幾個以 u 結尾的特殊陽性單數形容詞，當它們遇見後面緊接著母音開頭或是啞音 h 時，字尾的 u 會變成了 l，以便進行連續音的動作。常見的形容詞如：nouveau（新的）會變成 nouvel，beau（帥美）變成 bel，vieux（老的）變成 vieil，經過如此調整說起來就更順，聽起來更美。

  - **nouvel ami**　[nu.vɛ.l-a.mi]　新的朋友
  - **bel homme**　[bɛ.l-ɔm]　帥男人
  - **vieil ami**　[vjɛ.j-a.mi]　老朋友

- **Pas de nouvelle, bonne nouvelle.**　　　　　　　　　　　　谚語

  [pa.də.nu.vɛl, bɔn.nu.vɛl]

  沒消息就是好消息，不用擔心。

Comment‿allez-vous ?

[kɔ.mɑ̃.t‿a.le.vu]

您近來如何？

Elle habite en ville.

[ɛ.l-a.bi.t-ɑ̃.vil]

她住在城裡。

Ce pull est joli.

[sə.pyl.ɛ.ʒɔ.li]

這件毛衣真漂亮。

Il se lave le soir.

[il.sə.lav.lə.swaʁ]

他晚上洗澡。

Il parle bien anglais.

[il.paʁl.bjɛ̃.ɑ̃g.lɛ]

他英文説得很好。

聆聽發音

常用
例句

◆ **Allez !** 加油！
[a.le]

◆ **Alors ?** 然後呢？
[a.lɔʁ]

◆ **La chance !** 運氣真好！
[la.ʃɑ̃s]

◆ **Oh la vache !** 天啦！真不可思議！
[o.la.vaʃ]

◆ **C'est la vie.** 人生就是如此。
[sɛ.la.vi]

◆ **La vie est belle.** 美好的人生。
[la.vi.ɛ.bɛl]

$ 1000 000

[m]

- **類似讀音：**注音符號ㄇ，英文子音 [m]
- **發音技巧：**雙唇先閉緊，發出此音時雙唇會瞬間分開，感受到鼻腔和喉嚨的震動

Je t'aime！　我愛你！

常見單字

寫法: m	
calm	**demander**
[kalm]	[də.mɑ̃.de]
平靜	要求

聆聽發音

manger	monsieur
[mɑ̃.ʒe]	[mə.sjø]
吃飯	先生

madame	maintenant
[ma.dam]	[mɛ̃.tə.nɑ̃]
女士	現在

mademoiselle

[ma.də.mwa.zɛl]

小姐

寫法: mm

homme	femme
[ɔm]	[fam]
男人	女人

pomme

[pɔm]

蘋果

- M.、Mme. 和 Mlle. 代表什麼？

法文和英文一樣也有縮寫，常見的人稱縮寫 M = Monsieur（先生），Mme. 或 Mme = Madame（女士），Mlle. 或 Mlle = Mademoiselle（小姐）。有時候或許會看到有人用英文的 Mr. 代替先生的縮寫，但其實不是正確的寫法。雖然大家都看得懂，但是學法文就要用法文，要用就要用得對、用得專業！不是嗎？

謠語

- **Aux grands maux les grands remèdes.**
[o.gʁɑ̃.mo.le.gʁɑ̃.rə.mɛd]
非常時刻，非常手段。（重病要用猛藥）

聆聽發音

J'aime les montagnes.

[ʒɛm.le.mɔ̃.taɲ]

我喜歡山。

Ma mère adore la mer.

[ma.mɛʁ.a.dɔʁ.la.mɛʁ]

我媽媽喜歡海。

Il͟ a demandé ma main.

[i.l–a.də.mã.de.ma.mɛ̃]

他跟我求婚。

Les‿enfants dorment encore.

[le.z‿ã.fã.dɔʁm.ã.kɔʁ]

孩子們還在睡。

Je rentre à la maison.

[ʒə.ʁã.tʁ–a.la.mɛ.zɔ̃]

我要回家了。

◆ **À demain.** 明天見。

[a.də.mɛ̃]

◆ **C'est magnifique.** 真是美極了。

[sɛ.ma.ɲi.fik]

◆ **Quelle merveille !** 真是精彩絕倫！

[kɛl.mɛʁ.vɛj]

◆ **Tu me manques.** 我想你。

[ty.mə.mɑ̃k]

◆ **Je t'aime !** 我愛你！

[ʒə.tɛm]

◆ **Ça fait un moment.** 好一陣子了。

[sa.fɛ.ɛ̃.mɔ.mɑ̃]

◆ **On fait les magasins.**

[ɔ̃.fɛ.le.ma.ga.zɛ̃]

我們去逛街。

聆聽發音

聽聽看

說說看

[n]

- **類似讀音**：注音符號ㄋ，英文子音 [n]
- **發音技巧**：嘴巴自然微張，舌尖先頂著上排牙齒後方，發出此音時舌頭會自然降下，感受到鼻腔和喉嚨的震動

Bonne nouvelle！　好消息！

常見單字

寫法: n	
nuit	aîné
[nɥi]	[ɛ.ne]
夜晚	年長的

journal [ʒuʁ.nal] 報紙	normal [nɔʁ.mal] 正常的
dîner [di.ne] 晚餐	déjeuner [de.ʒə.ne] 中餐
ananas [a.na.nas] 鳳梨	animé [a.ni.me] 很熱鬧的

寫法: nn

année [a.ne] 年	ennui [ɑ̃.nɥi] 困擾、煩惱

聆聽發音

你知道嗎？

● 謎樣行蹤的 ne

話說，法文中表示否定的意思，必須使用 ne pas 夾住變化的
動詞。然而口語中的否定，卻常常失去了 ne 的蹤影，主要因
為 ne 是短音節的字，音輕又短，話說著說著很順口地就會漏
掉，所以口語中乾脆直接刪掉 ne，只留下 pas，讓句子更順
暢更輕快。例如：「Ce n'est pas moi.（不是我）」口語中
就會聽到「C'est pas moi.」的說法。

■ Nul bien sans peine. 諺語
[nyl.bjɛ̃.sɑ̃.pɛn]

先苦後甘。（有的事必須要努力爭取才能贏得）

C'est normal.

[sɛ.nɔʁ.mal]

很正常。

Ces‿ananas ont l'air bons.

[se.z‿a.na.nas.ɔ̃.lɛʁ.bɔ̃]

這些鳳梨看起來很美味。

Son fils ainé est journaliste.

[sɔ̃.fis.ɛ.ne.ɛ.ʒuʁ.na.list]

他的大兒子是記者。

Ça te dirait de déjeuner ensemble ?

[sa.tə.di.ʁɛ.də.de.ʒœ.ne.ɑ̃.sɑ̃bl]

你要不要一起去吃午餐？

C'est très‿animé ce quartier.

[sɛ.tʁɛ.z‿a.ni.me.sə.kaʁ.tje]

這個地區很熱鬧。

聆聽發音

◆ **Bonne journée.** 祝有美好的一天。

[bɔn.ʒuʁ.ne]

◆ **Bonne nouvelle !** 好消息!

[bɔn.nu.vɛl]

◆ **Ça sonne, ton téléphone.**

[sa.sɔn.tõ.te.le.fɔn]

你的電話響了。

◆ **Ça m'énerve.** 這個讓我的氣都上來了。

[sa.me.nɛʁv]

◆ **C'est⌣ennuyeux.** 很無聊。

[sɛ.t⌣ɑ̃.ny.jø]

◆ **C'est nul.** 很爛、很差勁。

[sɛ.nyl]

◆ **C'est le jour et la nuit.**

[sɛ.lə.ʒuʁ.e.la.nɥi]

是白天晚上的差別、差太多了。

[ɲ]

- **類似讀音：**相近中文字「捏」的音，音短
- **發音技巧：**嘴巴自然微張，舌前半部先頂著上顎，發出此音時，舌頭會自然降下，感受到鼻腔和喉嚨的震動

C'est magnifique !
真是美極了！

常見
單字

寫法：gn	
ligne	**mignon**
[liɲ]	[mi.ɲɔ̃]
線	可愛的

聆聽發音

campagne

[kɑ̃.paɲ]

鄉下

champagne

[ʃɑ̃.paɲ]

香檳

champignon

[ʃɑ̃.pi.ɲɔ̃]

菇

montagne

[mɔ̃.taɲ]

山

magnifique

[ma.ɲi.fik]

美極了

signature

[si.ɲa.tyʁ]

簽名

寫法: ni + 母音

douanier

[dwa.nje] 或 [dwa.ɲe]

海關人員

panier

[pa.nie] 或 [pa.ɲe]

籃子

你知道嗎？

- 拉丁 [ɲ] 和法文 [nj]

法文 gn 的組合通常發成 [ɲ]，與拉丁文中的發音相同，因此字典中也都會推薦將 gn 發成 [ɲ]。然而在口語中，卻也時常聽見 [ɲ] 會被發成 [nj]，例如 magnitude（地震震度）和 champignon（菇），是一種拉丁文發音法文化的演變——雖然發音規則如是說，但是實際操作卻有些不同。

同樣地，在 ni+ 母音的規則中，應該發成 [nj] 的音也會聽到 [ɲ] 的唸法，例如：manier（處理）和 panier（籃子）。不論是拉丁 [ɲ] 和法文 [nj]，到最後都已經成為一家人，不分你我了。

■ **On ne change pas une équipe qui gagne.** 諺語
[ɔ̃.nə.ʃɑ̃ʒ.pa.y.n-e.kip.ki.gaɲ]
繼續保留可以成功的條件。（不隨便換掉獲勝的團隊）

聆聽發音

連音
練習

Nous‿allons‿à la campagne ce weekend.

[nu.z‿a.lɔ̃.z‿a.la.kɑ̃.paɲ.sə.wi.kɛnd]

我們這週末要去鄉下。

J'apporterai du champagne.

[ʒa.pɔʁ.tə.ʁɛ.dy.ʃɑ̃.paɲ]

我會帶香檳。

Elle adore les champignons.

[ɛ.l-a.dɔʁ.le.ʃɑ̃.pi.ɲɔ̃]

她超愛菇類。

C'est magnifique les montagnes.

[sɛ.ma.ɲi.fik.le.mɔ̃.taɲ]

山美極了。

Elle est en ligne avec moi.

[ɛ.l-ɛ.ɑ̃.liɲ.a.vɛk.mwa]

她現在跟我在線上。

◆ **C'est mignon.** 很可愛。

[sɛ.mi.ɲɔ̃]

◆ **Magne-toi !** 你快點！

[maɲ.twa]

◆ **C'est pas gagné.** 沒那麼容易達成。

[sɛ.pa.ga.ɲe]

◆ **Je suis en ligne.**

[ʒə.sɥi.ɑ̃.liɲ]

我在線上（電話上或是網路上）。

◆ **Elle garde bien la ligne.**

[ɛl.gaʁd.bjɛ̃.la.liɲ]

她的身材曲線保持得很好。

◆ **Il me donne un poignée de main.**

[il.mə.dɔn.ɛ̃.pwa.ɲe.də.mɛ̃]

他向我握手問好。

聆聽發音

生活用語

Le français de tous les jours

- 時尚品牌
- 酒類品牌
- 法國產酒區
- 數字
- 常用單位
- 繞口令

Louis Vuitton	Chanel
[lwi.vɥi.tɔ̃]	[ʃa.nɛl]
路易・威登	香奈兒
Dior	**Cartier**
[djɔʁ]	[kaʁ.tje]
迪奧	卡地亞
Hermès	**Guerlain**
[ɛʁ.mɛs]	[gɛʁ.lɛ̃]
愛馬仕	嬌蘭
Lancôme	**Givenchy**
[lɑ̃.kom]	[ʒi.vɑ̃.ʃi]
蘭蔻	紀梵希
Lanvin	**Longchamp**
[lɑ̃.vɛ̃]	[lɔ̃.ʃɑ̃]
浪凡	瓏驤

聆聽發音

Agnès B	L'Occitane
[a.ɲɛs.be]	[lo.si.tan]
亞妮斯比	歐舒丹

L'Oréal	Avène
[lo.ʁe.al]	[a.vɛn]
巴黎萊雅	雅漾

Vichy	La Roche-Posay
[vi.ʃi]	[la.ʁɔʃ.po.sɛ]
薇姿	理膚寶水

Sandro	Decathlon
[sɑ̃.dʁo]	[de.ka.tlɔ̃]
桑德羅	迪卡儂

Yves Saint Laurent

[iv.sɛ̃.lo.ʁɑ̃]

聖羅蘭

Jean-Paul Gaultier

[ʒɑ̃.pol.go.tje]

高堤耶

酒類品牌

● 干邑／白蘭地 Cognac [kɔ.ɲak]

Hennessy [ɛ.nɛ.si] 軒尼詩	**Martell** [maʁ.tɛl] 馬爹利

Rémy Martin

[ʁe.mi.maʁ.tɛ̃]

人頭馬

● 紅酒 Vin Rouge [vɛ̃.ʁuʒ]

Romanée Conti

[ʁɔ.ma.ne.kɔ̃.ti]

羅曼尼・康帝酒莊

聆聽發音

Château Lafite Rothschild

[ʃa.to.la.fit.ʁot.ʃild]

拉菲酒莊

Mouton Rothschild

[mu.tɔ̃.ʁot.ʃild]

木桐酒莊

Château Latour

[ʃa.to.la.tuʁ]

拉圖酒莊

Château Margaux

[ʃa.to.maʁ.go]

瑪歌酒莊

Château Haut-Brion

[ʃa.to.ob.ʁjɔ̃]

侯伯王酒莊

Pétrus	Le Pin
[pe.tʁys]	[lə.pɛ̃]
柏圖斯酒莊	樂邦酒莊

Château Ausone

[ʃa.to.o.zɔn]

歐頌酒莊

Château Cheval Blanc

[ʃa.to.ʃɛ.val.blɑ̃]

白馬酒莊

● 白酒 Vin Blanc [vɛ̃.blɑ̃]

Chablis	Muscat
[ʃa.bli]	[mys.ka]
夏布利白酒	慕司卡甜白酒

聆聽發音

Chardonnay

[ʃaʁ.dɔ.nɛ]

霞多麗白酒

Pinot Gris

[pi.no.gʁi]

灰皮諾白酒

Chenin Blanc

[ʃə.nɛ̃.blɑ̃]

百詩南白酒

Château d'Yquem

[ʃa.to.di.kam]

狄康堡

Gewurztraminer

[ge.vuʁs.tʁa.mi.nœʁ]

瓊瑤漿白酒

Sauvignon Blanc

[so.vi.ɲɔ̃.blɑ̃]

長相思白酒

● 玫瑰酒／粉紅酒 Vin Rosé [vɛ̃.ʁo.ze]

Château d'Esclans

[ʃa.to.de.ses.klɑ̃]

蝶伊斯柯蘭酒莊粉紅酒

Château Minuty

[ʃa.to.mi.ny.ti]

米諾蒂酒莊粉紅酒

Château Miraval

[ʃa.to.mi.ʁa.val]

米哈瓦酒莊粉紅酒

聆聽發音

● **香檳** Champagne [ʃɑ̃.paɲ]

Dom Pérignon

[dɔ̃.pe.ʁi.ɲɔ̃]

唐培里儂香檳

Veuve Clicquot

[vœv.kli.ko]

凱歌香檳

Moët et Chandon

[mwɛt.e.ʃɑ̃.dɔ̃]

酩悦香檳

法國產酒區

法文	發音	中文譯名
Alsace	[al.zas]	阿爾薩斯
Beaujolais	[bo.ʒo.lɛ]	薄酒萊
Bourgogne	[buʁ.gɔɲ]	勃艮第
Corse	[kɔʁs]	科西嘉島
Languedoc	[lɑ̃g.dɔk]	朗格多克
Poitou-Charentes	[pwa.tu.ʃa.ʁɑ̃t]	普瓦圖─夏朗德
Roussillon	[ʁu.sjɔ̃]	胡西雍
Sud-Ouest	[sy.dwɛst]	西南產區
Vallée du Rhône	[va.lé.dy.ʁon]	隆河河谷
Armagnac	[aʁ.ma.ɲak]	雅馬邑
Cognac	[kɔ.ɲak]	干邑
Bordeaux	[bɔʁ.do]	波爾多

聆聽發音

法文	發音	中文譯名
Champagne	[ʃɑ̃.paɲ]	香檳
Jura	[ʒy.ʁa]	汝拉
Lorraine	[lɔ.ʁɛn]	洛林
Provence	[pʁɔ.vɑ̃s]	普羅旺斯
Savoie	[sa.vwa]	薩瓦
Vallée de la Loire	[va.le.də.la.lwaʁ]	羅亞爾河谷
Saint-Emilion	[sɛ̃.te.mi.ljɔ̃]	聖埃美隆
Chablis	[ʃa.bli]	夏布利
Pouilly-Fuissé	[puj.fɥi.se]	普伊—富賽
Chateauneuf-du-Pape	[ʃa.to.nœf. dy.pap]	教皇新堡
Muscadet	[mys.ka.dɛ]	慕斯卡德

數字

un [ɛ̃]	deux [dø]	trois [tʁwa]	quatre [katʁ]
1	2	3	4
cinq [sɛ̃k]	six [sis]	sept [sɛt]	huit [ɥit]
5	6	7	8
neuf [nœf]	dix [dis]	onze [ɔ̃z]	douze [duz]
9	10	11	12
treize [tʁɛz]	quatorze [ka.tɔʁz]	quinze [kɛ̃z]	seize [sɛz]
13	14	15	16
dix-sept [di.sɛt]	dix-huit [di.z‿ɥit]	dix-neuf [dis.nœf]	vingt [vɛ̃]
17	18	19	20

聆聽發音

vingt et un	vingt-deux	vingt-trois	vingt-quatre
[vɛ̃.t‿e.ɛ̃]	[vɛ̃.dø]	[vɛ̃.tʁwa]	[vɛ̃.katʁ]
21	22	23	24
vingt-cinq	vingt-six	vingt-sept	vingt-huit
[vɛ̃.sɛ̃k]	[vɛ̃.sis]	[vɛ̃.sɛt]	[vɛ̃.t‿ɥit]
25	26	27	28
vingt-neuf	trente	trente et un	trente-deux
[vɛ̃.nœf]	[tʁɑ̃t]	[tʁɑ̃.t-e.ɛ̃]	[tʁɑ̃t.dø]
29	30	31	32
trente-trois	trente-quatre	trente-cinq	trente-six
[tʁɑ̃t.tʁwa]	[tʁɑ̃t.katʁ]	[tʁɑ̃t.sɛ̃k]	[tʁɑ̃t.sis]
33	34	35	36
trente-sept	trente-huit	trente-neuf	quarante
[tʁɑ̃t.sɛt]	[tʁɑ̃.t-ɥit]	[tʁɑ̃t.nœf]	[ka.ʁɑ̃t]
37	38	39	40

quarante et un ka.ʁɑ̃.t-e.ɛ̃]	quarante-deux [ka.ʁɑ̃t.dø]	quarante-trois [ka.ʁɑ̃t.tʁwa]
41	42	43
quarante-quatre [ka.ʁɑ̃t.katʁ]	quarante-cinq [ka.ʁɑ̃t.sɛ̃k]	quarante-six [ka.ʁɑ̃t.sis]
44	45	46
quarante-sept [ka.ʁɑ̃t.sɛt]	quarante-huit [ka.ʁɑ̃.t-ɥit]	quarante-neuf [ka.ʁɑ̃t.nœf]
47	48	49
cinquante [sɛ̃.kɑ̃t]	cinquante et un [sɛ̃.kɑ̃.t-e.ɛ̃]	cinquante-deux [sɛ̃.kɑ̃t.dø]
50	51	52
cinquante-trois [sɛ̃.kɑ̃t.tʁwa]	cinquante-quatre [sɛ̃.kɑ̃t.katʁ]	cinquante-cinq [sɛ̃.kɑ̃t.sɛ̃k]
53	54	55

聆聽發音

cinquante-six	cinquante-sept	cinquante-huit
[sɛ̃.kɑ̃t.sis]	[sɛ̃.kɑ̃t.sɛt]	[sɛ̃.kɑ̃.t-ɥit]
56	57	58
cinquante-neuf	soixante	soixante et un
[sɛ̃.kɑ̃t.nœf]	[swa.sɑ̃t]	[swa.sɑ̃.t-e.ɛ̃]
59	60	61
soixante-deux	soixante-trois	soixante-quatre
[swa.sɑ̃t.dø]	[swa.sɑ̃t.tʁwa]	[swa.sɑ̃.t-e.ɛ̃]
62	63	64
soixante-cinq	soixante-six	soixante-sept
[swa.sɑ̃t.sɛ̃k]	[swa.sɑ̃t.sis]	[swa.sɑ̃t.sɛt]
65	66	67
soixante-huit	soixante-neuf	soixante-dix
[swa.sɑ̃.t-ɥit]	[swa.sɑ̃t.nœf]	[swa.sɑ̃t.dis]
68	69	70

soixante et onze	soixante-douze
[swa.sɑ̃.t-e.ɔ̃z]	[swa.sɑ̃t.duz]
71	72
soixante-treize	soixante-quatorze
[swa.sɑ̃t.tʁɛz]	[swa.sɑ̃t.ka.tɔʁz]
73	74
soixante-quinze	soixante-seize
[swa.sɑ̃t.kɛ̃z]	[swa.sɑ̃t.sɛz]
75	76
soixante-dix-sept	soixante-dix-huit
[swa.sɑ̃t.di.sɛt]	[swa.sɑ̃t.di.z‿ɥit]
77	78
soixante-dix-neuf	quatre-vingts
[swa.sɑ̃t.dis.nœf]	[katʁ.vɛ̃]
79	80

quatre-vingt-un	quatre-vingt-deux
[katʁ.vɛ̃.ɛ̃]	[katʁ.vɛ̃.dø]
81	82
quatre-vingt-trois	quatre-vingt-quatre
[katʁ.vɛ̃.tʁwa]	[katʁ.vɛ̃.katʁ]
83	84
quatre-vingt-cinq	quatre-vingt-six
[katʁ.vɛ̃.sɛ̃k]	[katʁ.vɛ̃.sis]
85	86
quatre-vingt-sept	quatre-vingt-huit
[katʁ.vɛ̃.sɛt]	[katʁ.vɛ̃.ɥit]
87	88
quatre-vingt-neuf	quatre-vingt-dix
[katʁ.vɛ̃.nœf]	[katʁ.vɛ̃.dis]
89	90

quatre-vingt-onze [katʁ.vɛ̃.ɔ̃z]	quatre-vingt-douze [katʁ.vɛ̃.duz]
91	92
quatre-vingt-treize [katʁ.vɛ̃.tʁɛz]	quatre-vingt-quatorze [katʁ.vɛ̃.ka.tɔʁz]
93	94
quatre-vingt-quinze [katʁ.vɛ̃.kɛz]	quatre-vingt-seize [katʁ.vɛ̃.sɛz]
95	96
quatre-vingt-dix-sept [katʁ.vɛ̃.di.sɛt]	quatre-vingt-dix-huit [katʁ.vɛ̃.di.z‿ɥit]
97	98
quatre-vingt-dix-neuf [katʁ.vɛ̃.dis.nœf]	cent [sɑ̃]
99	100

deux cents	trois cents	quatre cents	cinq cents
[dø.sɑ̃]	[tʁwa.sɑ̃]	[katʁ.sɑ̃]	[sɛ̃k.sɑ̃]
200	300	400	500
six cents	sept cents	huit cents	neuf cents
[si.sɑ̃]	[sɛt.sɑ̃]	[ɥit.sɑ̃]	[nœf.sɑ̃]
600	700	800	900

mille		deux mille	
[mil]		[dø.mil]	
1000		2000	
deux cent un		trois cent deux	
[dø.sɑ̃.ɛ̃]		[tʁwa.sɑ̃.dø]	
201		302	
quatre cent trois		cinq cent quatre	
[katʁ.sɑ̃.tʁwa]		[sɛ̃k.sɑ̃.katʁ]	
403		504	

six cent cinq [si.sɑ̃.sɛ̃k]	sept cent six [sɛt.sɑ̃.sis]
605	706
huit cent sept [ɥit.sɑ̃.sɛt]	neuf cent huit [nœf.sɑ̃.ɥit]
807	908
mille neuf [mil.nœf]	deux mille dix [dø.mil.dis]
1009	2010
trois mille deux cent dix [tʁwa.mil.dø.sɑ̃.dis]	quatre mille trois cent vingt [katʁ.mil.tʁwa.sɑ̃.vɛ̃]
3210	4320
cinq mille quatre cent trente [sɛ̃k.mil.katʁ.sɑ̃.tʁɑ̃t]	six mille cinq cent quarante [si.mil.sɛ̃k.sɑ̃.ka.ʁɑ̃t]
5430	6540

聆聽發音

sept mille six cent cinquante

[sɛt.mil.si.sɑ̃.sɛ̃.kɑ̃t]

7650

huit mille sept cent soixante

[ɥit.mil.sɛt.sɑ̃.swa.sɑ̃t]

8760

neuf mille huit cent soixante-dix

[nœf.mil.ɥit.sɑ̃.swa.sɑ̃t.dis]

9870

neuf mille neuf cent quatre-vingt-dix-neuf

[nœf.mil.nœf.sɑ̃.katʁ.vɛ̃.dis.nœf]

9999

dix mille	vingt mille
[di.mil]	[vɛ̃.mil]
10000	20000

常用單位

euro [ø.ʁo] 歐元	▪ **un‿euro** [ɛ̃.n‿ø.ʁo]　1 歐 ▪ **deux‿euros cinquante** [dø.z‿ø.ʁo.sɛ̃.kɑ̃t] 2.5 歐元
paquet [pa.kɛ] 包	**un paquet de cigarettes** [ɛ̃.pa.kɛ.də.si.ga.ʁɛt] 1 包菸
boîte [bwat] 盒	**une boîte de mouchoirs** [yn.tas.də.ka.fe] 1 盒面紙
carton [kaʁ.tɔ̃] 箱	**un carton de mouchoirs** [ɛ̃.kaʁ.tɔ̃.də.mu.ʃwaʁ] 1 箱面紙
paire [pɛʁ] 雙	**une paire de chaussures** [yn.pɛʁ.də.ʃo.syʁ] 1 雙鞋子

聆聽發音

bouteille [bu.tɛj] 瓶	**deux bouteilles d'eau** [dø.bu.tɛj.do] 2 瓶水
verre [vɛʁ] 杯（沒把手）	**un verre d'eau** [ɛ̃.vɛʁ.do] 1 杯水
tasse [tas] 杯（有把手）	**une tasse de café** [yn.tas.də.ka.fe] 1 杯咖啡
kilo (k) [ki.lo] 公斤	**un kilo** [ɛ̃.ki.lo] 1 公斤
gramme (g) [gʁam] 公克	**quinze grammes** [kɛ̃z.gʁam] 15 公克

mètre (m) [mɛtʁ] 公尺	**un mètre** [ɛ̃.mɛtʁ] 1 公尺
centimètre (cm) [sɑ̃.ti.mɛtʁ] 公分	**sept centimètres** [sɛt.sɑ̃.ti.mɛtʁ] 7 公分
litre (l) [litʁ] 公升	**un litre de lait** [ɛ̃.litʁ.də.lɛ] 1 公升的牛奶
centilitre (cl) [sɑ̃.ti.litʁ] 厘升	**vingt centilitres de vin** [vɛ̃.sɑ̃.ti.litʁ.də.vɛ̃] 20 厘升的酒
millilitre (ml) [mi.li.litʁ] 毫升	**dix millilitre de vinaigre** [di.mi.li.litʁ.də.vi.nɛgʁ] 10 毫升的醋

聆聽發音

繞口令：讓舌頭更靈活的小遊戲

◆ **Douze douches douces**

[duz.duʃ.dus]

十二個舒服的沖澡

◆ **Cinq chiens chassent six chats.**

[sɛ̃k.ʃjɛ̃.ʃas.sis.ʃa]

五隻狗追六隻貓。

◆ **Bol bleu, bulles blâmes, balles blondes.**

[bɔl.blø,byl.blam,bal.blɔ̃d]

藍碗、漫畫爆裂框、金黃色球。

◆ **As-tu vu le tutu de tulle de Lili d'Honolulu ?**

[a.ty.vy.lə.tyty.də.tyl.də.li.li.do.no.ly.ly]

你有看到來自檀香山莉莉的薄紗芭蕾裙嗎？

◆ Le singe sage passe, le linge sale pince.

[lə.sɛ̃ʒ.saʒ.pas,lə.lɛ̃ʒ.sal.pɛ̃s]

乖乖猴輕鬆過關，髒衣服讓人不自在。

◆ Trois tortues têtues trottent＿en trottinette.

[tʁwa.tɔʁ.ty.tɛ.ty.tʁɔt_ɑ̃.tʁɔ.ti.nɛt]

三隻固執的烏龜在滑板車上閒晃。

◆ La pipe au papa du papa Pie pue.

[la.pi.p-o.pa.pa.dy.pa.pa.pi.py]

鵲爸爸的爸爸專用煙斗很臭。

◆ Ces six saucissons-ci sont si secs qu'on ne sait si c'en sont.

[se.sis.so.si.sɔ̃.si.sɔ̃.si.sɛk.kɔ̃.nə.sɛ.si.sɑ̃.sɔ̃]

這六根臘腸乾到我們都不知道是不是真的臘腸。

聆聽發音

◆ Est-ce chic et chiche, ou chiche et sans chichis ?

[ɛs.ʃik.e.ʃiʃ.u.ʃiʃ.e.sɑ̃.ʃi.ʃi]

請問是高雅又小氣，還是就只是小氣不小氣的分別而已？

◆ Fruits frais, fruits frits, fruits cuits, fruits crus

[fʁɥi.fʁɛ,fʁɥi.fʁi,fʁɥi.kɥi,fʁɥi.kʁy]

鮮水果、炸水果、熟水果、生水果

國家圖書館出版品預行編目（CIP）資料

法語34音完全自學手冊／謝孟渝著. -- 初版. -- 臺
中市：晨星出版有限公司, 2022.11
256面；16.5×22.5公分. --（語言學習；26）
ISBN 978-626-320-249-8（平裝）

1.CST：法語 2.CST：讀本

804.58　　　　　　　　　　　　111014427

語言學習 26

法語34音完全自學手冊

作者	謝孟渝 Mandy HSIEH
編輯	余順琪
錄音	Jean-Daniel Mohier
封面設計	耶麗米工作室
美術編輯	林姿秀

創辦人	陳銘民
發行所	晨星出版有限公司
	407台中市西屯區工業30路1號1樓
	TEL：04-23595820　FAX：04-23550581
	E-mail：service-taipei@morningstar.com.tw
	http://star.morningstar.com.tw
	行政院新聞局局版台業字第2500號
法律顧問	陳思成律師
初版	西元2022年11月15日

線上讀者回函

讀者服務專線	TEL：02-23672044／04-23595819#212
讀者傳真專線	FAX：02-23635741／04-23595493
讀者專用信箱	service@morningstar.com.tw
網路書店	http://www.morningstar.com.tw
郵政劃撥	15060393（知己圖書股份有限公司）

印刷	上好印刷股份有限公司

定價 350 元
（如書籍有缺頁或破損，請寄回更換）
ISBN：978-626-320-249-8

圖片來源：shutterstock.com

Published by Morning Star Publishing Inc.
Printed in Taiwan
All rights reserved.

版權所有・翻印必究

| 最新、最快、最實用的第一手資訊都在這裡 |